0페이지 책

빛고 낙서하고 해체하는 발칙한 책 읽기

# 0페이지 책

초판 1쇄 인쇄  2012년 9월 15일
초판 1쇄 발행  2012년 9월 21일

| | |
|---|---|
| 글·그림 | 봄로야 |
| 펴낸이 | 신민식 |
| 책임편집 | 황남상 |
| 편집 | 김미란 |
| 디자인 | 정미진 |
| 마케팅 | 계소영 |
| 경영지원 | 김경희 |
| 펴낸곳 | 가디언 |
| 출판등록 | 2010년 4월 27일 |
| 주소 | 서울시 마포구 서교동 394-66 동우빌딩 3층 |
| 전화 | 02-332-4103(마케팅)  02-332-4104(편집실) |
| 팩스 | 02-332-4111 |
| 전자우편 | gadian7@naver.com |
| 블로그 | http://blog.naver.com/gadian7 |
| 인쇄·제본 | (주)상지사 P&B |
| 종이 | 월드페이퍼(주) |

ISBN 978-89-966493-7-3  03810

• 책값은 뒤표지에 있습니다.
• 잘못된 책은 구입한 곳에서 바꿔드립니다.
• 이 책의 전부 또는 일부 내용을 재사용하려면 사전에 가디언의 동의를 받아야 합니다.
• 시루는 가디언의 문학·인문 브랜드입니다.

찢고 낙서하고 해체하는 발칙한 책 읽기

# 0페이지 책

봄로야 글·그림

시루

## 0페이지 책을 읽는 법

하나. 지인들에게 어릴 때 소위 감명 깊게 읽었던 책의 내용을 물어 보면 "기억이 잘 안 난다"고 대답하는 경우가 많다. 그래도 "그 책 참 좋았지"라고 말한다. 나 역시 《좀머 씨 이야기》를 정말 좋아했어"라고 말했지만 장 자끄 상뻬의 아름다운 그림들과 "나를 좀 내버려두시오!" 라는 구절만 가물가물 맴돌았다. 《0페이지 책》은 머릿속을 부유하던 그 '좋은 책'들의 문장들을 구체적으로 수면 위로 올리기 위해 시작했 다. 특별히 자주 반복해서 읽었으나 잊고 있었던 문장들을 재발견하는 데 집중했다. 그리고 그 문장들을 내 삼십 여년 남짓한 생(生)에 조금씩 녹여보기로 했다.

둘. 《0페이지 책》에서 소개하는 책 15권은 서사를 다소 걷어내고 내 삶에 변화를 준 문장들로만 구성되어 있다. 그 외 문장들은 페이지를 비롯해 모두 지웠다. 읽는 사람이 보다 집중하여 한 문장, 한 문장 곱씹 어보면 좋겠다. 책 표지, 내용, 문장을 내 삶에 녹여 글로 쓰고, 그려내 고, 골라냄으로서 살아 있는 책으로 만든 과정이다.

셋. 책 제목 앞에 붙은 페이지 숫자는 내 나이를 의미한다. 이는 책 을 처음 읽었던 때라기보다는 그 책이 내 생에 직접적으로 영향을 끼 친 나이이다. 마치 인상 깊은 구절이 적힌 페이지를 책갈피 해두는 것과

Index

나무가 자라면서 나이테가 생기듯이,
책을 통해 켜켜이
삶의 테가 생기고 있다.

같다. 예를 들어《생의 한가운데》나《그리고 아무 말도 없었다》의 경우 십 대 때 읽었을 땐 그 의미가 깊게 와 닿지 않았다. 그러다가 이십 대가 되어 다시 만난 니나와 전혜린의 삶은 내 삶과 마구 뒤엉켜 심장을 뛰게 만들었다.

넷. 왼쪽의 나이테 모양의 인덱스는 어렸을 때부터 오늘까지의 내 생과 함께한 책을 시각적으로 표현해본 것이다. 나무가 자라면서 늘어가는 나이테처럼 삶의 태도 켜켜이 생긴다.《어린 왕자》에서《자기 앞의 생》에 이르기까지 약 열세 권이 나와 함께 성장해왔다면《꽃들에게 희망을》은 나의 생 전체를 보호해주는 책이다. 침잠과 우울 속에 빠져 있다가도 힘을 준다. 이번 책에 많이 넣진 않았지만《은밀한 생》은 이 책을 쓰게 된 원동력이자 앞으로 취할 내 삶의 태도를 대변해 줄 책이어서 모든 책의 생을 껴안는 가장 큰 나이테에 두었다.

다섯.《은밀한 생》은 내가 무척 아끼는 친구에게 소개받았다. 친구의 생이 이 책을 통해 나의 생과 겹치게 되었다. 만일《0페이지 책》에 소개한 15권을 읽었다면, 그 누구든지 나의 생과 겹쳐 있는 셈이다. 지금도 어쩌면 우린 같은 책을 읽고 있을지도 모를 일이다. 심지어 같은 페이지를 펼쳐 읽고 있을지도 모른다. 사소하지만 중요한 공통점, 우린 예전부터 이미 서로 은밀한 생을 공유하고 있었다.

pp.0 은밀한 생

## 은밀함과 드러남

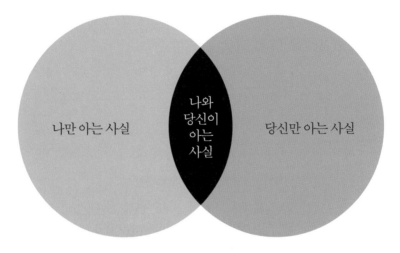

생의 은밀함과 드러남은

안과 겉이 아니라 서로 다른 겉과 겉이다.

은밀함이 있어야 드러남이 가능하고,

드러남이 있어야 은밀함도 존재한다.

당신이 날 모르는데 내가 당신을 안다면,

당신의 생이 은밀함에 불구하고 나에겐 드러남이고

또한 내가 당신을 알고 있다는 사실은 나의 은밀함이다.

나와 당신만 알고 있는 비밀이란 우리 둘에게는 은밀하지만

나와 당신에게 서로 드러나 있는 교집합이다.

만일 내가 알고 있는 어떤 비밀이 있다면

그것은 은밀함이 아니라 그저 내가 말하지 않은 사실일 뿐이다.

내가 죽기 전에 그 비밀을 말했다면, 그것을 드러냄으로써

당신에게 나의 생은 은밀했었다라고 생각되어질 수는 있을 것이다.

그러므로 이 둘은 상대적인 개념이다.

나는 은밀한 당신이 때때로 식료품을 사러오는 슈퍼마켓의 주인일 수 있다.

## 책의 생

책 속 주인공들은 실제로 존재하지 않으나

읽는 사람의 현실에 침투한다.

그들은 우리의 식성, 습관, 취향까지 바꿔버리곤 한다.

눈에 보이지 않으나 살아 있다.

오랫동안 잊고 있었던 책을 펼치면 책의 생은 더 강렬해진다.

과거에 책을 통해 얻었던 단상들이 현재를 관통하며

다른 깨달음을 주게 되는 것이다.

그런 의미에서 그들은 예스럽지만 새로운,

어제이나 오늘인 존재이다. 은밀하게 페이지 밑에 잠들어 있다가

나를 기다렸다는 듯 자신을 드러낸다.

책은 은밀함과 드러남의 상호작용을 반복하며 계속 변한다.

## 0페이지

0페이지는 존재하지 않는 장소다.

숫자 0일 수도, 글자와 글자 사이의 구멍일 수도,

페이지와 페이지 사이의 빈 여백일 수도 있다.

작가에게는 첫 페이지를 쓰기 전의 마음가짐이며,

독자에게는 첫 장을 읽기 시작하기 전에 받는 책 전체에 대한 느낌이다.

또 책의 마지막 페이지를 다 읽고 난 후의 감상 덩어리이다.

책이 가지고 있는 에너지 덩어리이다.

같은 책을 두 번, 세 번 읽는 반복의 형상이다.

같은 문장을 계속 읽었을 때 사라지는

서사 뒤에 비춰지는 어떤 이미지 덩어리다.

내 현실과 심정이 책에 새겨지는 이미지 덩어리이기도 하다.

《은밀한 생》의 작가 파스칼 키냐르가 묘사한 대로


"책들은, 그것이 아름다운 것들일 경우 영혼의 방어물은 물론
갑자기 허를 찔린 생각의 성벽들을 모두 허물어뜨린다."-pp. 49


0페이지는 성벽이 허물어지고

나와 책이 다시 탄생하는 생의 시작점이다.

# Contents

소설은 살아 있어요.
살아서, 이쪽에 있는 우리들에게 친구처럼 영향을 끼쳐요.

01.

# 책은 살아 있다

책은 활자를 따라
마음이 움직이기 시작한 순간부터
놀랍도록 생생해진다.

# 어린왕자

만일 내가 이 책들을 읽지 않았더라면
더 행복했을지도 모른다. 불행, 슬픔, 자조, 절망과 같은
단어들이 가진 죽음과도 같은 침잠을 알 수 없었을 테니까 말이다.
그리고 이기적인 바보로 계속 살았겠지.

잊고 있다.
사라지고 있다.
잊혀 간다.
사라져간다.

옛날 옛적에, 나는 어린 왕자였다.

그땐 길들이거나 지켜내고 싶은 것들이 많았다.

보도블록 틈에 봉긋 솟아 있는 개미집,

레몬빛 병아리의 따뜻한 체온,

집게손가락으로 살짝 들어 올려

잡곤 했던 고추잠자리의 투명한 날개,

아무도 찾지 못할 거라고 생각하며 친구들과 만든 아지트의 쿰쿰한 냄새,

눈이 많이 내린 날 냉동고에 넣어둔 눈사람.


그들은 자주 만져주어야 한다. 조금만 방심하면 개미집에는

물이 차오르고 아지트는 경비아저씨의 공격을 받아 없어져버리곤 하니까

어린 내가 살았던 그곳은 바오밥나무가 자라지 못하게
매일매일 청소해야 하는 소혹성 B612였다. 어른이 되고 싶지 않았다.
어렴풋이 어른이 되면 그들을 길들일 수 없다고 느꼈다.
어느새 난, 나 자신을 지켜내느라 정신없는 사람이 되었다.
내 이름을 알리고자, 타인의 관심과 칭찬을 듣고자,
통장 잔고의 숫자를 불리고자, 나빠진 눈과 약해진 위장을 보호하고자,
누군가를 기만하거나 집착하고, 질투와 허영을 부리고,
　　　　술과 분에 못 이겨 쓰러진다. 그러고 나면 남는 후회와 반성의 시간들.
　　　　이 지루한 반복이 커다란 바오밥나무가 되어 소혹성 B612를
　　　　삼켜버릴 것만 같다. 어릴 적 소중히 길들이고자 했던
　　　　주변의 작은 존재들이 밤이면 윙윙거리는 냉장고,
　　　소리 죽여 외로움을 써 내려가는 책상,
　　누워 가끔 흐느끼는 축축한 침대로 변했다.
　　꿈을 좇기 위해 꿈을 버리는 느낌,
　　어른이고 나발이고 무성의한 시간들이 흐른다.

동심은 초심처럼 지키지 않으면 쉽게 잃고 잊어버린다.
그렇게 어린 왕자는 사라졌다.


지금의 난, '어린 왕자를 만났던 사막에 불시착한 비행사'를 생각한다.
비행사는 어린 왕자를 만나 가느다랗지만 촉촉한 동심을

자신의 마음속에서 불러낼 수 있었다. 묵직한 세상의 중력과
텁텁한 공기에 묻혀 허우적거리다가도, 잠자고 있는 어린 왕자를
깨워내 옛날 옛적의 나를 마주할 줄 아는 비행사,
내가 생각하는 메마르지 않은 어른이다.
아침 이슬처럼 투명한 어린 왕자를 기다리고 지켜낼 줄 아는
사막 속 오아시스 같은 어른 비행사, 그것이 내가 원하는 꿈이다.

잊어버렸던 어린 왕자를 다시 만났을 때 놓치지 않고
즐겁게 맞이할 수 있도록 오늘 하루 깨끗이 손과 발을 씻고,
맛있는 밥을 먹고, 푹 잠들고, 온기 어린 눈으로 주변을 기록하고,
위로하고, 응시하고, 감싸고, 이제 껍데기 같은 말을 삼키고
잠시 침묵할 줄 아는 태도를 고민해본다.

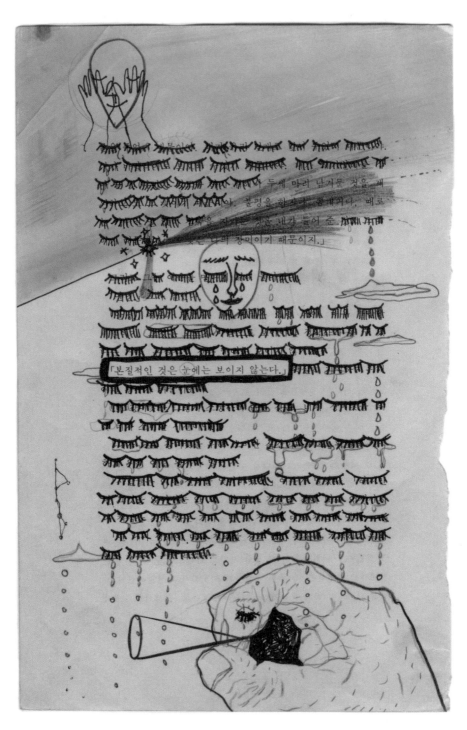

「본질적인 것은 눈에는 보이지 않는다.」

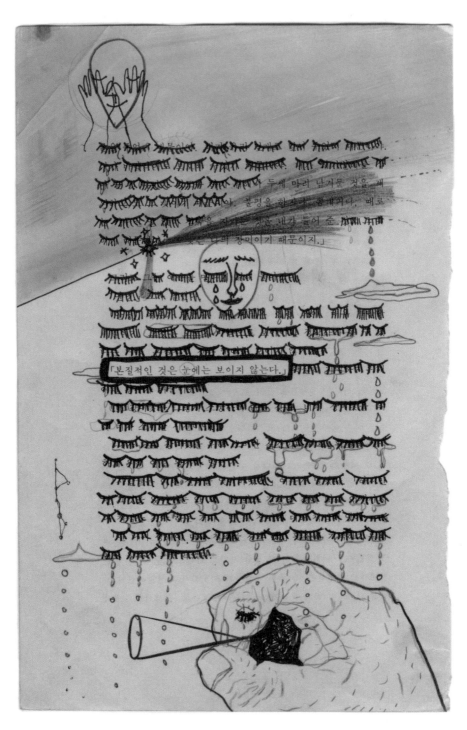

어 린  왕 자

본질적인 것은 눈에는 보이지 않는다.

_본문 74쪽 중에서

"사막이 아름다운 것은
그것이 어딘가에 우물을 감추고 있기 때문이야……."

_본문 81쪽 중에서

어 린   왕 자

「사막이 아름다운 것은 그것이 어딘가에 우물을 감추고 있기 때문이야……」

81

"사막에서는 조금 외롭구나……."
"사람들과 함께 있어도 외롭기는 마찬가지야." 뱀이 말했다.

_본문 61쪽 중에서

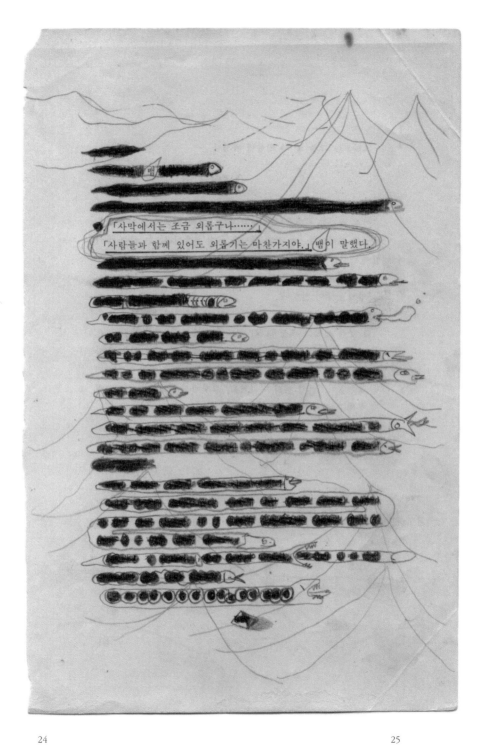

「사막에서는 조금 외롭구나……」
「사람들과 함께 있어도 외롭기는 마찬가지야.」뱀이 말했다.

어른들은 다 그 모양인 것이다.
그들을 나쁘게 생각해서는 안 된다.
어린이들은 어른들에게 항상 너그러워야 한다.

한 사람의 친구를 잊는다는 것은 슬픈 일이다.
누구나 다 옛날에 친구를 가져보는 것은 아니다.
그를 잊는다면 나도 숫자밖에는 관심이 없는
어른들처럼 될지도 모른다.

_본문 19쪽 중에서

어른들은 다 그 모양인 것이다. 그들을 나쁘게 생각해서는 안 된다. 어린이들은 어른들에게 항상 너그러워야 한다.

한 사람의 친구를 잊는다는 것은 슬픈 일이다. 누구나 다 옛날에 친구를 가져보는 것은 아니다. 그를 잊는다면 나도 숫 자밖에는 관심이 없는 어른들처럼 될지도 모른다.

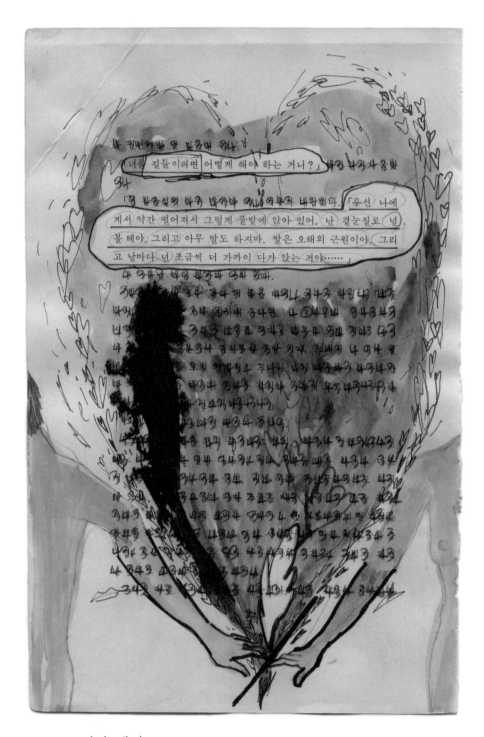

「너를 길들이려면 어떻게 해야 하는 거니?」

「...참을성이 많아야 해...」 「우선 나에게서 약간 멀어져서 그렇게 풀밭에 앉아 있어. 난 곁눈질로 널 볼 테야. 그리고 아무 말도 하지마. 말은 오해의 근원이야. 그리고 날마다 넌 조금씩 더 가까이 다가 앉는 거야……」

어 린  왕 자

"너를 길들이려면 어떻게 해야 하는 거니?"
"우선 나에게서 약간 떨어져서 그렇게 풀밭에 앉아 있어.
난 곁눈질로 널 볼 테야. 그리고 아무 말도 하지 마.
말은 오해의 근원이야.
그리고 날마다 넌 조금씩 더 가까이 다가앉는 거야⋯⋯."

_본문 72쪽 중에서

"넌 아직 나에게는 다른 수많은 꼬마들과
다를 바 없는 한 꼬마에 불과해.
그러니 나에겐 네가 필요 없어.
또한 너에게도 내가 필요 없겠지.
난 너에겐 수많은 다른 여우와 똑같은 한 마리 여우에
지나지 않아. 하지만 네가 나를 길들인다면
우리는 서로를 필요로 하게 되지.
너는 나에게 이 세상에서 하나뿐인 존재가 될 거고……."

_본문 69쪽 중에서

어 린  왕 자

「너 아직 나에게는 다른 수많은 꼬마들과 다를 바 없는 한 꼬마에 불과해. 그러니 나에겐 네가 필요없어. 또한 너에게도 내가 필요없겠지. 난 너에겐 수많은 다른 여우와 똑같은 한 마리 여우에 지나지 않아. 하지만 네가 나를 길들인다면 우리는 서로를 필요로 하게 되지. 너는 나에게 이 세상에서 하나뿐인 존재가 될 거고……

# 나의 라임오렌지나무

책 읽기는 외롭지 않은 외로움. 잠이 안 올 때,
대화가 불편할 때, 혼자 밥 먹을 때, 화장실 갈 때도
함께 있어주는 묵묵한 움직임.

외로움을 함께할 사람이
있다는 사실은
살면서 지나치기 쉬운
기적 중에 하나.

아마 열한 살 때 즈음? 제제의 라임 오렌지나무인 '밍기뉴'는
내 일기장 친구였다. 특별한 비밀친구를 갖고 싶었나보다.
밍기뉴에게 일기를 쓰는 건 어렵지 않았다.
연필로 '밍기뉴, 안녕?'이라고 꾹꾹 눌러 쓰고,
자기 전에 '밍기뉴, 잘자'라고 인사만 하면 됐으니까.
(심지어 밍기뉴의 여자 친구인 '가비'도 만들었다.)
학교에서 제일 친했던 친구에게도 말하지 못한 좋아했던 남자아이,
예쁘고 공부도 잘해서 질투했던 짝꿍, 부모님께 잔뜩 혼나 엉엉 울던
기억들을 삐뚤빼뚤 열심히도 적어놓았다.

나중에 제제는 라임 오렌지나무가 아닌

아주 좋은 친구 뽀르뚜까를 만난다. 두 팔 벌려 포옹할 수 있고
아버지에게 맞아 생긴 생채기를 어루만지며 눈물 흘려주는 진짜 사람.
나는 왜 그런 뽀르뚜까가 아니라 실제로 존재하지 않는 밍기뉴를
가장 친한 비밀 친구로 생각했을까?

제제가 그토록 믿고 사랑했던 뽀르뚜까는
전차 사고로 제제의 곁을 떠나고 만다.
눈을 감고 떠올려 보면, 나는 제제처럼 예민한 아이였다.
한없이 깊고 푸르른 바다 같은 마음을 가진 사람을
만나기 쉽지 않다는 걸 어렸을 때 이미 어렴풋이 알았던 걸까?
아니면 100퍼센트 사랑을 쏟은 상대가 나를 두고
죽을지도 모른다는 공포감이 있었을까?
지금까지도 그런 감정들은 때때로 나를 덮친다.
그 누구에게도 결국 사랑받지 못할 것 같은 두려움이 생기곤 한다.
그 이후 찾아오는 외로운 시간.

어릴 때부터 누군가 들어줄 사람이 없어서 사라질지 모를
외로운 혼잣말들을 일기장에 남겼다.
기록하지 못한 생각들은 목소리를 갖지 못한 채 형체 없이 녹아버린다.
그런 점에서 일기는 목소리를 가진 혼잣말이다.

나 의  라 임  오 렌 지 나 무

어머니는 '외로운 사람이 혼잣말을 하지'라고 말씀하셨다.

아버지가 해외로 출장 중이셨을 때의 일이다.

아직 말문이 트이지 않은 어린 내가 어머니의 혼잣말에

옹알대며 대답했을 때의 감격을 기억하신다고 한다.

대화를 할 수 있게 되면서 외로움을 물리쳤다는 그 순간처럼,

혼잣말이 대화가 되면 그 말들은 뜨거운 온도를 갖게 된다.

말로 내뱉지 않고 머금어진 생각들은 대화할 상대가 없으면

허공을 맴돌다가 사라지고 말기에,

결국 일기장 속 밍기뉴는 외로움을 이해해주는 '나' 자신이자

혼잣말을 들어주는 대화 상대였다. 돌이켜 생각해보면

밍기뉴를 통해 혼잣말을 대화로 만들어내는 재주,

그것이 나를 구원했다. 그 일기장 끝엔 이렇게 적혀 있다.


"다시 만나자. 밍기뉴 내 생일 속에 사라진 네가 보고 싶을 거야.

진심으로 축하해줘, 내 생일을. 안녕."

"나무야! 도대체 넌 어디로 말을 하니?"
"나무는 몸 전체로 말을 한단다.
잎사귀와 가지와 그리고 뿌리로도 한단다.
들어볼래? 네 귀를 나의 몸에 대봐,
그러면 내 가슴이 고동치는 것을 알게 될 거야."

_본문 50쪽 중에서

나 의 라 임 오 렌 지 나 무

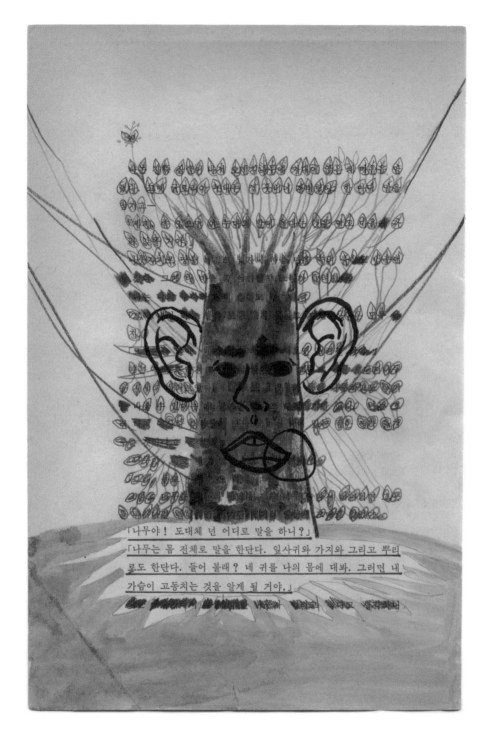

「나무야! 도대체 넌 어디로 말을 하니?」
「나무는 몸 전체로 말을 한단다. 잎사귀와 가지와 그리고 뿌리
로도 한단다. 들어 볼래? 네 귀를 나의 몸에 대봐. 그러면 내
가슴이 고동치는 것을 알게 될 거야.」

「형, 왜 울어. 응?」

「아무것도 아니야, 그냥 흘리는 거야. 난 너처럼 왕도 아니잖

아. 난 아무데도 쓸모없는 나쁜 애, 그리고 못된 애, 그래서 눈

물이 나는 거야.」

나의 라임 오렌지나무

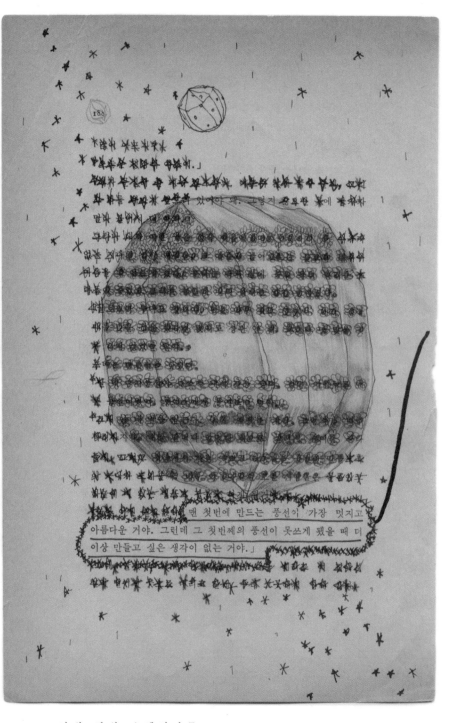

맨 첫번에 만드는 풍선이 가장 멋지고 아름다운 거야. 그런데 그 첫번째의 풍선이 못쓰게 됐을 때 더 이상 만들고 싶은 생각이 없는 거야.」

나의 라임 오렌지나무

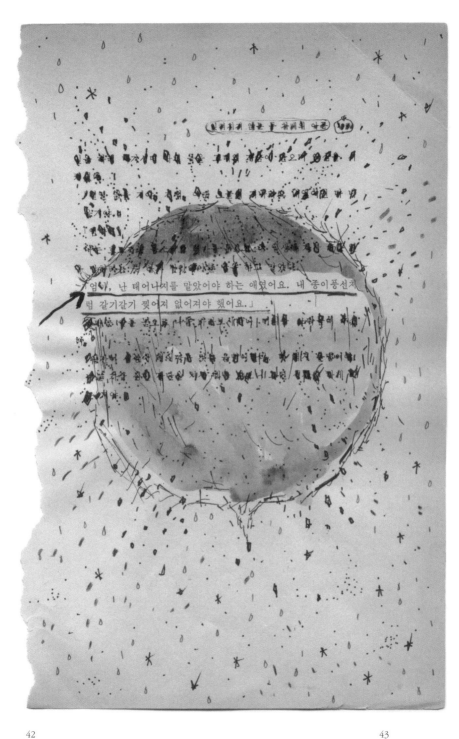

「엄마, 난 태어나지를 말았어야 하는 애였어요. 내 종이풍선처럼 갈기갈기 찢어져 없어져야 했어요.」

"아빠, 오렌지나무는 이미 잘라버렸어요.
나의 라임 오렌지나무는 일주일 전에 잘라버렸단 말이에요."

_본문 255쪽 중에서

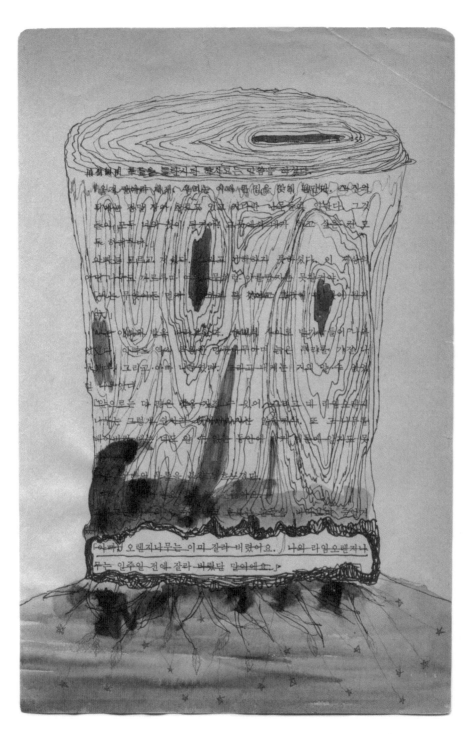

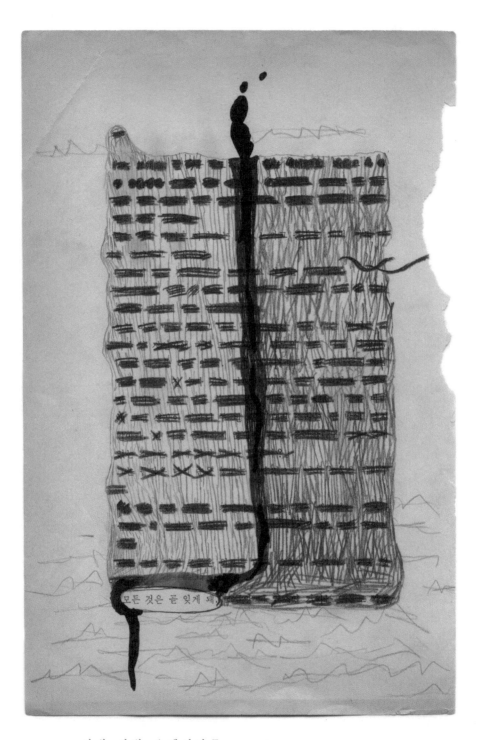

모든 것은 곧 잊게 돼.

나의 라임 오렌지나무

"모든 것은 곧 잊게 돼."

_본문 206쪽 중에서

삶의 아름다움이란 꽃과 같이
화려하고 아름다운 것이 아니라
나뭇잎이 떨어져 저 멀리 바다 위를 떠다니는
낙엽과도 같은 것이었다.

_본문 215쪽 중에서

삶의 아름다움이란 꽃과같이 화려하고 아름다운 것이 아니라 나뭇잎이 떨어져 저 멀리 바다 위를 떠다니는 낙엽과도 같은 것이었다.

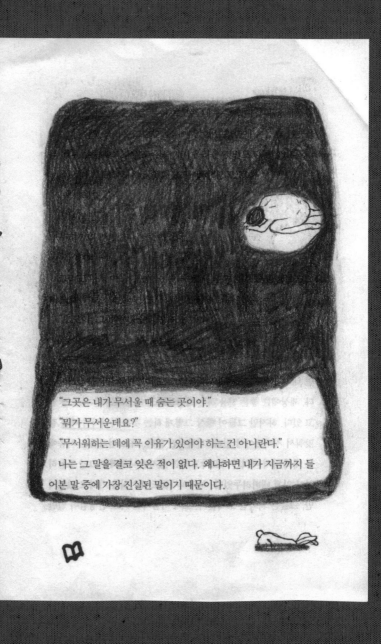

"그곳은 내가 무서울 때 숨는 곳이야."

"뭐가 무서운데요?"

"무서워하는 데에 꼭 이유가 있어야 하는 건 아니란다."

나는 그 말을 결코 잊은 적이 없다. 왜냐하면 내가 지금까지 들
어본 말 중에 가장 진실된 말이기 때문이다.

02.

# 책은 감싸준다

책은 언제나 내 편이 되어
아픔으로 생긴 생채기를
보드랍게 감싸준다.

# 수레바퀴 밑에서

책이 노랗게 바래지며
나와 함께 나이 먹는 기분은
어쩐지 위안이 된다.

사춘기 : 불이 탁 하고 켜지기 전의 암흑,
말이 툭 튀어나오기 전의 기다림,
숨이 턱 하고 막힐 때까지 달리기

수정이는 매일, 몰래 나에게만 편지를 썼다. 매일 틈틈이 선생님,
친구들 몰래 편지를 썼다. 공책, 잡지, 편지지, 메모지, 신문지 등
손에 잡히는 모든 종이들은 편지가 되었다. 그 편지들에는 학교와
친구들의 부조리함으로 잔뜩 움츠러든 수정이의 마음이 여과 없이
담겨 있었다. 편지의 무게는 늘 무거웠다. 그런데도 그 무거움은
수정이가 좋아했던 이해인 수녀님의 시처럼 따뜻했던 걸로 기억한다.

숨 한 번 크게 못 쉬고 기지개도 못 켜는 수업시간 사이.
십 분의 쉬는 시간이 찾아오면 분주히 뛰어다니는 아이들 속에서
수정이는 조용히 시집을 읽거나 라디오를 들었다.
그와 달리 열다섯 살의 난 학교라는 수레바퀴 밑에 깔려 있다는 것도

모른 채 친구들 사이에서 괜한 미움 받는 게 무서워 웃고, 또 웃었다.

시험 점수가 높아야 묘한 안도감을 느끼고,

선생님과 부모님의 칭찬을 반찬 삼아 먹고 살았다.

나의 눈은 항상 눈치를 보느라 불안하게 흔들렸다.

그렇게 소모된 에너지가 내 안으로 허무한 공백으로

변해 돌아올 때 즈음, 나도 수정이에게 편지를 썼다.

다음 날 수정이는 어김없이 내 손에 편지를 쥐어 주었고,

편지에 남은 미지근한 체온이 손바닥에 스며들었다.

수정이와 난 헤르만 헤세의 《수레바퀴 밑에서》를 좋아했다.

엉망이지만 즐겁게 입술 끝에 머무는 바람소리로

휘파람 부는 한스를 좋아했다. 어설프더라도, 부는 방법 따위는 몰라도

무거운 발걸음에 힘을 실어주는 것이 휘파람인 것을.

돌이켜보면 음악 시간에 그토록 열심히 불어댔던 나의 리코더 소리,

먹이를 찾는 참새처럼 입을 쩍쩍 벌리고 불렀던 나의 노랫소리들은

모두 성적표에 기재되기 위한 죽어버린 휘파람이었다.

우린 수레바퀴에 휘말려 책의 마지막 페이지에서 물거품이 되어버린

한스를 가여워했다. 우린 모두 한스였다. 보랏빛으로 물결치는 강물에

몸을 던진 한스처럼 아파트 옥상에서, 학교 옥상에서 몸을 던지는

요즘 아이들은 모두 한스다.

수 레 바 퀴  밑 에 서

슬픔과 우수로 가득했던 수정이가 빡빡하게 조여진
학교를 졸업할 수 있었으니 다행이다.
내 편지를 좋아해줘서 그 또한 다행이다.
이상하게 수정이에게 어떤 답장을 해주었는지 잘 기억나지 않는다.
내가, 수정이에게 먼저 슬픔을 토로했는지,
내가, 수정이가 먼저 후회했는지,
내가, 수정이가 먼저 울었는지 기억나질 않는다.
그저 가만히 눈 감으면 내 편지를 받고
해맑게 웃던 수정이의 얼굴이 떠오른다.

수정, 잘 지내? 여전히 네가 매일, 몰래 편지를 썼으면 좋겠다.
생의 수레바퀴 밑이 아닌, 그렇다고 수레바퀴를 끄는 사람도 아닌
그냥 예전처럼 누군가에게 편지를 쓰는 여자였으면 좋겠다.

그는 사실 오래전부터 휘파람을 잘 불지 못했기 때문에
학교 친구들로부터 몹시 놀림을 받았다.
그는 단지 이 사이에서 약간 소리를 낼 수 있을 뿐이었으나
다른 사람에게 들려주는 것이 아니었으므로
그 정도면 충분했다.

_본문 45쪽 중에서

수 레 바 퀴   밑 에 서

그는 사실 오래전부터 휘파람을 잘 불지 못했기 때문에 학교 친구들로부터, 몹시 놀림을 받았다. 그는 단지 이 사이에서 약간 소리를 낼 수 있을 뿐이었으나 다른 사람에게 들려주는 것이 아니었으므로 그 정도면 충분했다.

어느 편이 보다 많은 고통을 받을 것인가!
선생이 학생으로부터 괴로움을 당할 것인가,
그렇지 않으면 그 반대일 것인가.
양자 중에서 누가 더 폭군이며 누가 더 많이 귀찮게 구는가.
또 상대방의 마음과 생활에 상처를 입히고 더럽히는 자는
누구인가. 그것을 검토하여 보면
누구나가 불쾌한 기분이 되어 분노와 부끄러움을 갖고
자기의 젊은 시절을 생각하지 않을 수 없는 것이다.

_본문 111쪽 중에서

수 레 바 퀴   밑 에 서

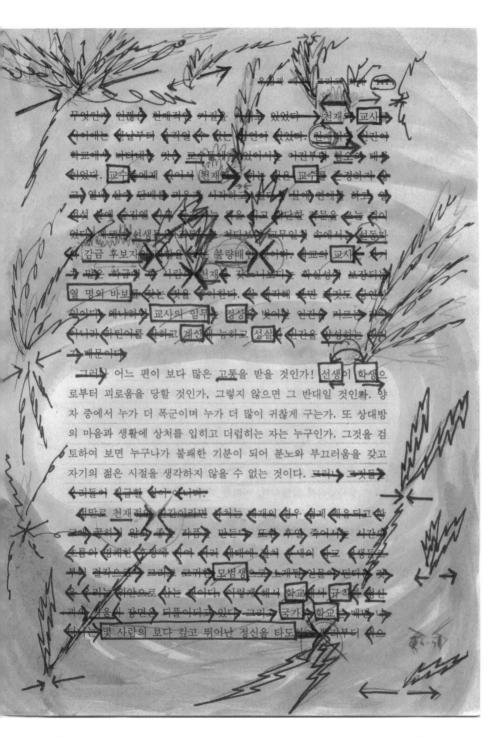

그러나 어느 편이 보다 많은 고통을 받을 것인가! 선생이 학생으로부터 괴로움을 당할 것인가, 그렇지 않으면 그 반대일 것인가. 양자 중에서 누가 더 폭군이며 누가 더 많이 귀찮게 구는가. 또 상대방의 마음과 생활에 상처를 입히고 더럽히는 자는 누구인가. 그것을 검토하여 보면 누구나가 불쾌한 기분이 되어 분노와 부끄러움을 갖고 자기의 젊은 시절을 생각하지 않을 수 없는 것이다.

그에게 또 쾌감이라는 것은 째 어 젊음에 □□ □□ 힘, 용기와 □□찬 맥박을 뛰노는 생명의 □□초의 예감을 □□고 고뇌라는 것은 아침의 별□□가 깨뜨려졌다는 것이며──그의 □□□이 두 번 다시 찾□

그의 조각배는 지금부터 새로운 폭풍우의 □□ 심연, 위험하기 짝이 없는 암초 근처로 몰려 들어간 것이었다. 그것을 뚫고 지나가는 데는 안내자가 없다. 최상의 지도자를 가진 젊은이들이라 하더라도 자신의 힘으로써 활로를 찾지 않으면 안 되는 것이다.

□ 에□□ □ 증우의 제자가 □□와서 압착기의 일을 교□네 주었다. 한스는 잠깐 거기에 있었다. 한번 더 엠마의 살결에 부딪□□는가 다정 한 소리를 들어 보든가, 어느 하나를 바라고 있었다. 아니 둘다 원했 음지도 모른다. 엠마는 또 다른 집 압착기□

다. 한스는 제자 앞에서 공연히 부끄러운 생□ □□ 슬그머니 짐으로 와 버렸다. 온갖 것이 이상스럽게 변하여 그의 마음 을 끌고 있었다. □□이 찬 참새들이 소란스럽게 하늘을 날고 있었□ 다. 그 하늘이 이렇게 높고 푸르렀던 적은 없었던 것 같았다. □□□□ 이□□럼 깨끗하게 청록색으로 빛나고 있던 적이 없었다. 방과 제□ 머 □□ 눈부시게 하얀 거품이 인 적이 없었다. 어느 것이나 새로□ □□ □□은 □□□□ 투명한 새 유리판 뒤에 서 있는 것 같았다. 어느 것 이나 큰 축제가 시작되기를 기다리고 있는 것 같았다. 자신의 부푼 가슴속에서 □□하□□도 □□단한 감정과 유달리 눈부신 희망이 섞여 말 어닥쳐서 거세고 불안하□ □□□□흥게 따르고 있었다. 이 균열을 일 으킨 감정은 팽창□ □□□□밖으로는 □□이 되어 버렸다. 또 어떤 때는 마치 무엇인가 □□은 힘이 그의 가슴속에서 저□□을 얻어 날개를 펴려고 하는 □□ 기분이 되기도 하였다──아마 그것 은 흐느낌이거나, 노래거나, 통곡이거나, □□순□였을 것이다. 이 □□□

수레바퀴 밑에서

간신히 최초의 난파를 벗어난 그의 조각배는
지금부터 새로운 폭풍우의 폭력과 대기하고 있는 심연,
위험하기 짝이 없는 암초 근처로 몰려 들어간 것이었다.
그것을 뚫고 지나가는 데는 안내자가 없다.
최상의 지도자를 가진 젊은이들이라 하더라도
자신의 힘으로써 활로를 찾지 않으면 안 되는 것이다.

_본문 162쪽 중에서

젊은 아이들은 불완전한 기분으로 서로가 서로를 찾았다.
그들 중에는 평등의 의식과 함께
독립을 갈망하는 욕구가 나타났다.
글로는 쓸 수 없는 애착과 질투의 장면이 벌어지고
그것이 발견되어 우정을 맺는 계기가 되기도 했으며,
날카롭게 마주치는 적의가 되기도 하였다.

_본문 81쪽 중에서

수 레 바 퀴   밑 에 서

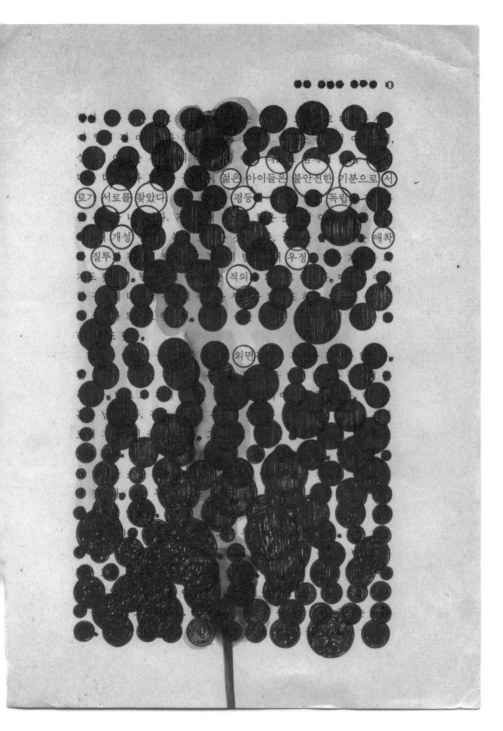

그는 외지고 아늑한 장소를 발견하였다.
거기라면 마음 놓고 죽어갈 수 있을 것 같았다.
그곳을 결국 죽을 장소를 결정했다.
몇 번이나 그곳을 찾아가서는 주저앉아 언젠가는
여기에 주검이 되어 뒹굴고 있는 모습이
남들에게 발견될 것이라는 걸 허공에 그려 보고는,
일종의 알 수 없는 쾌감마저 맛보고 있었다.

_본문 139쪽 중에서

수 레 바 퀴  밑 에 서

그는 외지고 아
늑한 장소를 발견하였다. 거기라면 마음놓고 죽어갈 수 있을 것 같았
다. 그곳을 결국 죽을 장소로 결정했다. 몇 번이나 그곳을 찾아가서
는 주저앉아 언젠가는 여기에 주검이 되어 뒹굴고 있는 모습이 남들
에게 발견될 것이라는 걸 허공에 그려 보고는, 일종의 알 수 없는 쾌
감마저 맛보고 있었다.

# 좀머씨이야기

나를 변화시키는 행위 중 하나는 책 넘김이다.

내가 상상하는 좀머 씨는 동그란 안경 너머에 날카롭게 날이 선 주름이
눈가에 가득하고 초록과 파랑이 섞인 투명한 눈동자를 갖고 있다.
삐뚤게 난 이빨 한두 개쯤이 비틀려 올라간 탁한 분홍빛 입술 사이로 보이고,
뽀족한 코끝과 허연 피부는 검은 옷 때문에 더욱 창백하다.
아무도 들여보내지 않을 좀머 씨의 집은 몇 번이고 읽어서 낡아버린 책,
스크래치 난 LP, 오래 입어 헤진 검은 옷들이 잔뜩 쌓여 있을 것만 같다.
매일 똑같은 밀짚모자를 쓰고 집 밖을 나오는 좀머 씨를 떠올려본다.
내 생각에, 그는 그 밀짚모자를 한꺼번에 사두었을 것만 같다.
비 오고, 눈 오고, 폭풍이 와도 빠짐없이 걷기 때문에 모자는 쉽게 닳기
마련이니까. 구멍이 날 정도로 낡으면 새 밀짚모자를 꺼내 먼지를 툭툭
털어 푹 눌러쓰고는 흡족한 표정으로 집 밖을 나왔을지도 모를 일이다.

쉼 없이 '지금, 여기, 그 어딘가'를 걷는 좀머 씨를 생각한다.

그는 '굳이 살아야 할 이유가 사라질 때 물속으로 유유히 걸어

들어가겠다. 물속에서 숨 쉴 수 없어도 두렵지 않을 때까지 오늘도

이렇게 걷겠다'라고 다짐한다. 그리곤 집으로 돌아와 늦은 밤

저민 햄을 씹으며 위스키를 마실지도 모른다.

좀머 씨는 과거에 머물면서 현재를 반복하는 셈이다.

그에게 내일이란 어제와 오늘과 같다. 은둔이란 어제, 오늘, 내일이

한 덩어리처럼 얽혀 무언가를 가늠하지 않는 시간이다.

뭉쳐진 삶덩어리의 미래란 '죽음' 그 자체일 것이다.

그러므로 좀머 씨는 죽음으로부터 도망치기 위해 오늘도 걷고 또 걸었다.


내가 사랑하는 지인들은 '어제'에 충실하다.

1은 과거에 대한 기억력이 너무 뛰어나 괴로워한다.

1이 나와 나눈 대화의 작은 부분까지 기억해낼 때마다 깜짝 놀라곤 한다.

2는 오래된 과거를 지나치게 사랑하여 현재 무슨 일이

일어나고 있는지 도무지 관심이 없다.

2는 내게 10년 뒤에도 똑같은 옷과 음악과 영화를 권할 것이다.

3은 과거에 대한 상처를 쉽게 이겨내지 못한다.

어제도 3은 나와 술을 마시며 자신의 트라우마를 반복해서 얘기해준다.

4는 지나간 시간을 기록하는 데 집착한다.

4가 적어 내려간 일기만 해도 수십 권은 족히 될 것이다.

5는 빈티지 패션스타일을 고집한다.

한번은 1960년대 영국 사람이 내게 걸어오는 줄 알았다.

6은 묵은지와 발효 음식만 좋아한다.

방금 만든 배추김치, 오이김치는 여간해선 안 먹는다.


'오늘'에 충실한 친구들도 있다.

7은 현재 다니고 있는 직장에서 맡은 일을 묵묵히 해치운다.

이유는 현재 자신이 할 수 있는 일이라서 그렇단다.

8은 오늘의 쾌락에 목숨을 건다.

내일 당장 굶게 되더라도 오늘 애인과의 대화와 섹스에 집중한다.

9는 식사를 끝내자마자 반드시 설거지를 한다.

9의 부엌은 항상 깨끗하다.

10은 오늘도 스쿠버다이빙을 한다.

물속에 들어가면 오늘 받았던 스트레스가 사라진단다.

11은 오늘 하루도 그림 그리는 데 미쳐 있다.

11은 그림 그리는 게 연애하는 것보다 좋단다.

12는 오늘의 운세를 즐겨 본다.

그러나 미래의 운세는 아무리 궁금해도 보지 않는다.


살아가는 방식이나 습관은 모두 다르나,

1부터 12는 은둔자 좀머 씨와 묘하게 닮았다.

1시부터 12시까지, 1월부터 12월까지, 1년부터 12년까지
누구에게나 동일한 시간이 흐른다지만, 내가 사랑해 마다않는
1부터 12는 '내일'을 위하여 어제와 오늘을 보내지 않는다.
1부터 6은 미래를 꿈꾸는 데 익숙하지 않지만, 반성과 자위엔
도가 터 어딘가 수줍고 겸손하다. 과거의 인연을 함부로 내치지 못하고
의리와 연민 때문에 괴로워한다. 지나간 시간에 얽매여
오늘을 기어이 힘들게 보내고 아마 내일도 힘들 것이다.
7부터 12는 내일을 걱정하는 건 쓸데없다고 여긴다.
어제가 될 오늘이지 내일이 될 오늘은 아니다. 오늘이 소중하므로
내일로 미룰 게 없다. 그나마 이들은 걱정이 덜해 건강하다.
불투명한 미래라지만 투명한 현재를 보내고 있다.
창창한 탄탄대로의 미래를 향해 걷는 사람들이 절대 이해하지 못할
조금 슬픈 여정이다. 하지만 눈부신 내일을 가진 사람들이 몇이나 될까?
뒤돌아보는 사람들의 얼굴 대부분은 애처롭지 않을까?

어제, 오늘, 내일로 생을 나눠 본다면 난 어제와 오늘을 사는 1부터
12 같은 사람들을 사랑한다. 그리고 앞으로도 사랑할 것이다.
왜냐하면 나는 좀머 씨의 죽음을 목격한 어린 소년이기 때문이다.
죽음으로부터 도망치기 위해 걷다가 결국 그 죽음을 향해 호수로 뚜벅뚜벅
걸어간 좀머 씨를 목격하면서 살 기회를 얻게 된 이기적인 소년이다.
오히려 그들을 통해 나는 생과 다시 한 번 싸울 힘을 얻었다.

수 레 바 퀴   밑 에 서

그 대신 나는 그들에게 '좀머 씨의 밀짚모자' 같은 존재가 되어주리라.
좀머 씨가 물 위에 남긴 모자는 몸에 걸쳐져 있기는 하나
물 위에 뜰 수 있는 유일한 존재. 생과 죽음에 놓인 어떤 경계, 징표다.
죽기 전까지 함께 그들의 머리를 보드랍게 감싸주겠다.

그렇게 난, 오늘도 사소한 이유로 죽기 위해 올라갔던
나무에서 천천히 내려온다.

모자

오한이 났다. 낭떠러지로 떨어지고 싶은 생
각이 갑자기 싹 가셨다. 웃기는 짓거리 같았다.

불과 몇 분 전에 일생 동안 죽
음으로부터 도망치려고 하는 사람을 보지 않았던가!

수 레 바 퀴   밑 에 서

오한이 났다.
낭떠러지로 떨어지고 싶은 생각이 갑자기 싹 가셨다.
웃기는 짓거리 같았다.
불과 몇 분 전에 일생 동안
죽음으로부터 도망치려고 하는 사람을
보지 않았던가!

_본문 98쪽 중에서

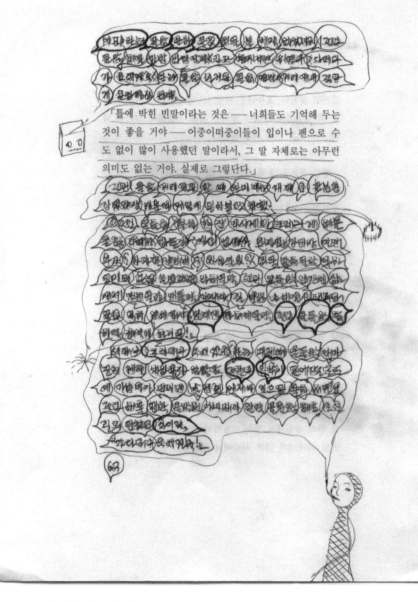

「틀에 박힌 빈말이라는 것은 —— 너희들도 기억해 두는 것이 좋을 거야 —— 어중이떠중이들이 입이나 펜으로 수도 없이 많이 사용했던 말이라서, 그 말 자체로는 아무런 의미도 없는 거야. 실제로 그렇단다.」

"틀에 박힌 빈말이라는 것은
―너희들도 기억해두는 것이 좋을 거야―
어중이떠중이들이 입이나 펜으로
수도 없이 많이 사용했던 말이라서,
그 말 자체로는 아무런 의미도 없는 거야.
실제로 그렇단다."

_본문 36쪽 중에서

"그러니 나를 좀 제발 그냥 놔두시오!"

_본문 37쪽 중에서

수 레 바 퀴  밑 에 서

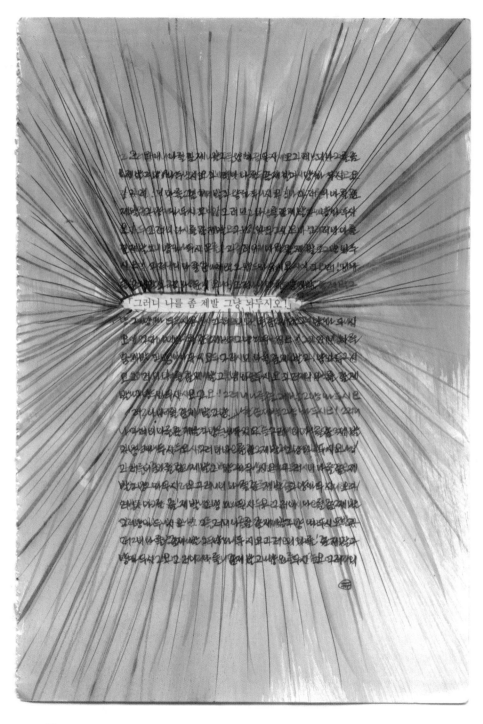

그러니 나를 좀 제발 그냥 봐두지오!

pp.19

# 호밀밭의 파수꾼

불안해서 가지고 있던 책을
가슴에 꼬옥 힘주어 껴안는 기분.

낭떠러지에서
떨어지는 기분이 들 때
유년의 생은 끝난다.

호밀밭이 펼쳐져 있다. 바람 따라 흔들리는 녹색의 덩어리가
오렌지색 석양빛을 머금고 반짝반짝 빛난다.
호밀밭의 지평선 너머는 낭떠러지다.
낭떠러지 끝에는 아이들을 지키는 파수꾼 한 명이 허수아비처럼 서 있다.
단정한 색깔로 무장한 그곳을 자세히 보니 부둥켜안고 있는
헐벗고 메마른 사람들이 숨어 있다. 그 사이로 말랑말랑하고 통통한
펭귄 같은 아이들이 해맑은 표정으로 낭떠러지를 향해 걷고 있다.
호밀밭의 파수꾼은 항상 안절부절못하고 불안하다.
아이들이 발을 헛디뎌 낭떠러지로 떨어지거나 호밀밭에 숨어 있는
빛바랜 존재들을 알게 될까봐 걱정이다. 언젠가 아이들은 그들을
보게 될 것이다. 언젠가는 낭떠러지로 떨어질 것이다.

파삭, 파삭, 파삭, 파삭, 파삭, 파삭, 파삭, 파삭, 파삭, 파삭, 파삭, 파삭,
파삭, 파삭, 파삭, 파삭, 파삭, 파삭, 파삭—내가 봐온 세상이 반쪽짜리
라는 걸 알았을 때 갖고 있던 믿음이 깨지는 퍼석한 소리. 텅, 텅, 텅,
텅, 텅, 텅, 텅, 텅, 텅, 텅, 텅, 텅, 텅, 텅, 텅, 텅, 텅, 텅—옥빛으로 보
였던 청백한 세상이 황량하게 비어가는 소리. 아이도 어른도 아닌 어
중간한 열아홉 반, 내가 내딛은 첫 발자국은 낭떠러지의 끝이었다.
열아홉 살짜리 여학생은 난생처음 네온사인이 우후죽순 번쩍거리는
밤거리를 걸었던 기억을 잊지 못한다. 밤거리는 물에 빠진 생쥐처럼
술에 취해 허우적대는 사람들의 몸짓으로 가득했다.
건네는 말 한 마디, 손짓, 발짓이 다 빗나가버리는 것만 같아서
그 빗나간 자리에 오도카니 멈춰 섰다. 어긋난 각도는 점점 벌어졌다.
모두가 날 비껴가고 내가 서성이던 그 자리엔 외로운 그림자만
남았다. 사람들이 툭툭 내뱉은 욕설, 호의로 가장한 저열한 속임수로
상처받은 이들의 울음소리, 몸을 탐하느라 마음을 빼앗겨버린
이들의 신음소리가 주변 공기를 부유했다. 집과 학교로부터 빠져나온
내 눈에 비친 풍경에 더 이상 목가(牧歌)는 흐르지 않았다.


펑, 펑, 펑, 펑, 펑, 펑, 펑, 펑, 펑, 펑, 펑, 펑, 펑, 펑, 펑, 펑, 펑, 펑, 펑,
펑, 펑, 펑, 펑, 펑, 펑, 펑, 펑, 펑, 펑, 펑, 펑—두렵고 불안해서 나에
게 던지는 크고 작은 폭탄 소리. 뚝, 뚝, 뚝, 뚝, 뚝, 뚝, 뚝, 뚝, 뚝, 뚝, 뚝,
뚝, 뚝, 뚝, 뚝, 뚝, 뚝, 뚝, 뚝, 뚝, 뚝, 뚝, 뚝, 뚝, 뚝, 뚝, 뚝, 뚝, 뚝, 뚝, 뚝,

뚝, 뚝—어른이 되기 싫다고 눈물방울 떨어지는 소리.

열여덟 살 때까지 좋아했던 문장들이 있었다.
선(善)이 악(惡)을 이긴다.
꿈(Dream)은 반드시 이루어진다.
양심(良心)은 살아 있다.
돈(Money)이 전부가 아니다.
사랑[愛]은 영원하다.

그러나 이 문장들은 세상이 악스레, 절망과 앙심과 물욕,
배반과 이별로 가득했기에 만들어진 실낱같은 희망이자,
누군가로부터 쟁취해야 하는 전리품이었다.
여린 심장을 튼튼하게 돌봐주고 있던 단단한 철이 아니라
쉽게 부서지는 페이스트리였다. 파수꾼처럼 나를 보호해주고 있던
이 문장들은 열아홉 살의 끝, 그 낭떠러지로 뚝뚝 떨어져내렸고
어지럽고 이상한 기분으로 스무 살을 맞았다.
어디를 걷고 있는지 모를 때, 아무도 나를 이해하지 못한다고 느낄 때,
이미 열아홉, 그저 순수했던 나의 유년은 끝났다.
깨끗하고 아늑한 유년기라는 호밀밭의 아침은 어쩔 수 없이
당연한 듯 그렇게 노을 지고, 밤이 되어 나머지 반쪽짜리 생의
축축한 뒷면으로 변해가버렸다.

좋아하지 않으니까 그렇지.
싫어하는 것은 백만 가지는 될 거야

좋아하는 것이 있으면 한 가지만 말해 봐.

내가 지독히 좋아하는 것 말이냐?

자, 대답해 볼까. 내가 무진장 좋아하는 것을 말하라는 거니? 아니면 그저 조금이라도 좋아하는 것을 말하라는 거니?
무진장 좋아하는 것.
알았어

호 밀 밭 의  파 수 꾼

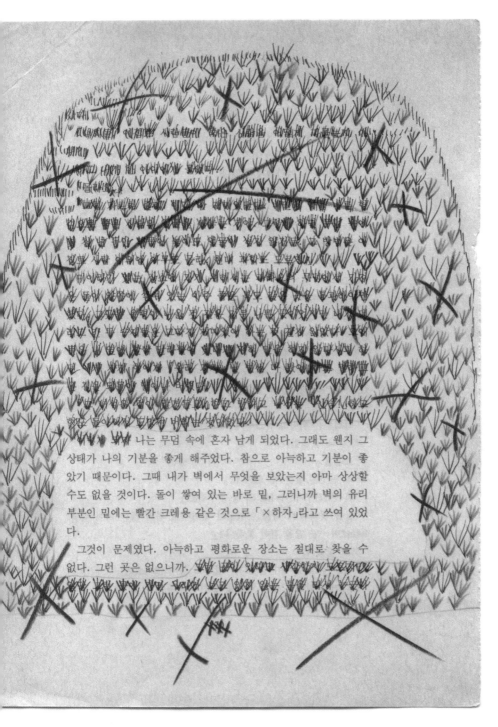

나는 무덤 속에 혼자 남게 되었다. 그래도 웬지 그 상태가 나의 기분을 좋게 해주었다. 참으로 아늑하고 기분이 좋았기 때문이다. 그때 내가 벽에서 무엇을 보았는지 아마 상상할 수도 없을 것이다. 돌이 쌓여 있는 바로 밑, 그러니까 벽의 유리 부분인 밑에는 빨간 크레용 같은 것으로 「×하자」라고 쓰여 있다.

그것이 문제였다. 아늑하고 평화로운 장소는 절대로 찾을 수 없다. 그런 곳은 없으니까.

분
석해 보면 그 짓거리에서 악취가 풍긴다. 좋아하지 않는 여자와는
어울려 놀아서는 안 되며, 정말 좋아하는 경우에는 얼굴을 좋아해
야 할 것이고, 그 좋아하는 얼굴에다 물을 뿜어대는 지저분한 짓
거리는 삼가야 한다고 생각한다. 그런데 그런 지저분한 짓거리가
때로 지독히 재미있다는 것이 문제다.

섹스는 내가 확실히 이해하지 못하는 그 무엇이다. 자신이 어디
에 와 있는지 모르게 하는 것이 그것이다. 나는 섹스에 관한 규칙
을 밤낮 작성하면서도 이내 그 규칙을 어기고 만다.

90

호밀밭의 파수꾼

바라고 알 것이다. 그것만은 잘 안다. 난 전에 1주일 동안 보이스 카웃에 들어간 일이 있었는데, 내 바로 앞에 있는 놈의 모가지를 쳐다보는 것만도 견딜 수 없었다. 그곳에서는 앞사람의 목덜미를 쳐다보라고 밤낮 명령하는 것이었다. 만일 또 전쟁이 일어나 나를 풀어 댄다면 차라리 사격부대 앞에다 나를 세워 두는 것이 좋을 것이다. 나는 조금도 반대하지 않을 것이다.

형 D.B.에 대해서 엉겁결에 생각되는 것은 그토록 전쟁을 싫어하면서도 지난 여름엔 내게 《무기여 잘 있거라》 라는 책을 읽어 오 작품이라고 말했지

인 《위대한 개츠비》 같은 것을 어떻게 좋아할 수 있는 도무지 알 수 없다. D.B.는 화를 내면서 넌 아직 어려서 그 작품을 해할 수 없다고 말했지만 난 그렇게 생각하지 않는다. 나는 링 라드너 《위대한 개츠비》 같은 것이라면 나도 좋아한다고 말했다. 사실 그랬다. 나는 《위대한 개츠비》를 미치도록 좋아한다 여하튼 원자폭탄이 발명되어 기쁘다. 이번에 전쟁이 일어나면 나는 그 폭탄의 꼭대기에 올라타고 갈 테다. 지원하겠다니까.

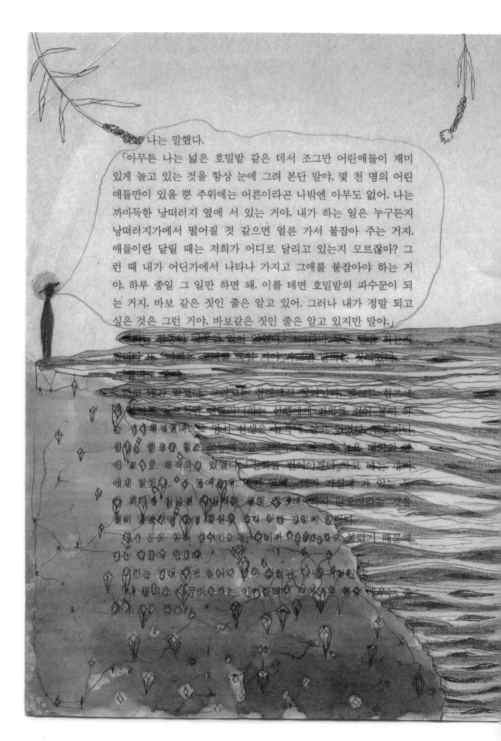

하고 나는 말했다.

「아무튼 나는 넓은 호밀밭 같은 데서 조그만 어린애들이 재미 있게 놀고 있는 것을 항상 눈에 그려 본단 말야. 몇 천 명의 어린 애들만이 있을 뿐 주위에는 어른이라곤 나밖엔 아무도 없어. 나는 까마득한 낭떠러지 옆에 서 있는 거야. 내가 하는 일은 누구든지 낭떠러지가에서 떨어질 것 같으면 얼른 가서 붙잡아 주는 거지. 애들이란 달릴 때는 저희가 어디로 달리고 있는지 모르잖아? 그 런 때 내가 어딘가에서 나타나 가지고 그애를 붙잡아야 하는 거 야. 하루 종일 그 일만 하면 돼. 이를 테면 호밀밭의 파수꾼이 되 는 거지. 바보 같은 짓인 줄은 알고 있어. 그러나 내가 정말 되고 싶은 것은 그런 거야. 바보같은 짓인 줄은 알고 있지만 말야.」

호 밀 밭 의   파 수 꾼

나는 말했다.
"아무튼 나는 넓은 호밀밭 같은 데서 조그만 어린애들이
재미있게 놀고 있는 것을 항상 눈에 그려 본단 말이야.
몇 천 명의 어린애들만이 있을 뿐 주위에는 어른이라곤
나밖엔 아무도 없어. 나는 까마득한 낭떠러지 옆에 서 있는 거야.
내가 하는 일은 누구든지 낭떠러지가에서 떨어질 것 같으면
얼른 가서 붙잡아주는 거지. 애들이란 달릴 때는 저희가
어디로 달리고 있는지 모르잖아? 그런 때 내가 어딘가에서
나타나 가지고 그 애를 붙잡아야 하는 거야. 하루 종일
그 일만 하면 돼. 이를 테면 호밀밭의 파수꾼이 되는 거지."

_본문 232쪽 중에서

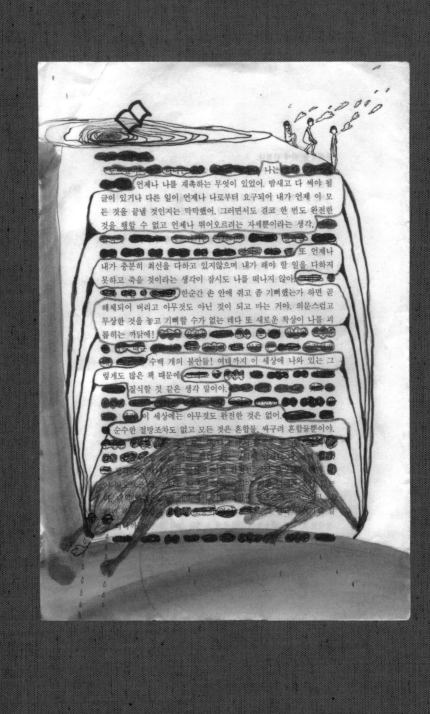

언제나 나를 재촉하는 무엇이 있었어. 밤새고 다 써야 될
글이 있거나 다른 일이 언제나 나로부터 요구되어 내가 언제 이 모
든 것을 끝낼 것인지는 막막했어. 그러면서도 결코 한 번도 완전한
것을 행할 수 없고 언제나 뛰어오르려는 자세뿐이라는 생각,

또 언제나
내가 충분히 최선을 다하고 있지않으며 내가 해야 할 일을 다하지
못하고 죽을 것이라는 생각이 잠시도 나를 떠나지 않아.            한순간 손 안에 쥐고 좀 기뻐했는가 하면 곧
해제되어 버리고 아무것도 아닌 것이 되고 마는 거야, 의문스럽고
무상한 것을 놓고 기뻐할 수가 없는 데다 또 새로운 착상이 나를 괴
롭히는 까닭에!

수백 개의 불안들! 여태까지 이 세상에 나와 있는 그
렇게도 많은 책 때문에                        질식할 것 같은 생각 말이야.

이 세상에는 아무것도 완전한 것은 없어.
순수한 절망조차도 없고 모든 것은 혼합물, 싸구려 혼합물뿐이야.

03.

# 책은 불안하다

책은 도무지 말로 표현할 수 없는
나의 불안감을 대변해준다.

pp.22

# 상실의 시대

책 읽기는 울며 겨자 먹기.

멍이 점점 커진다.
오히려 아픔이 점점
가시고 있다는 징조다.

매일 잃어버렸다.

친구 둘이 싸워 중간에서 애써 화해시켜놨더니 어째 둘이 더 친해보였다.

심지어 그 친구들 사이에서 왕따가 되었다.

조르고 졸라서 데려온 강아지가 가족 중에 나를 제일 좋아하지 않았다.

심지어 그 강아지가 갑자기 죽었다.

무척 좋아했던 친구가 전학을 갔다.

심지어 그 친구가 준 필통을 하루 만에 잃어버렸다.

아무리 아껴 써도 36색 크레파스는 닳아버리고,

빵빵했던 고무풍선은 천천히 천장 한 구석에서 쪼그라든다.

잃어버린 게 까마득히 한가득히.

연애도 마찬가지였다. 나에게서 가까워졌다가 멀어지고, 쓸려왔다가
밀려오곤 하는 상대방과의 사랑 놀음은 상실의 반복이었다.

원하던 어떤 것이 이루어지면 꼭 상실감이 함께 온다.
터지기 직전인 필라멘트 전구처럼, 불규칙한 일식처럼 까암박, 까암박.
이런 순간들이 반복될 때면 차라리 일식이 '영원히'
계속 되었으면 좋겠다. 그럼 이렇게 슬프지 않을 텐데.
시간과 감정의 흐름을 변하게 만드는 건 정말이지 어렵다.
아니, 오히려 애를 쓸수록 더 망가지는 느낌이다.
　　채우면 비워내야 하고, 얻으면 잃어버리고, 살면 죽는 게 정말
　　　　생의 이치라면 '행복'만큼 의뭉스러운 단어가 또 있을까.

　　　　　　스물두 살, 또 바보같이 누군가를 잃어버린다.
　　　　　그때 난 문득, 대신할 행복을 찾기보다 그 슬픔을
　　　　오래 기억해두자고 마음먹었다. 빈 집의 서늘한 냉기와
감은 태엽이 모두 풀려 녹이 슬어버릴 정도로 삐걱대던
그 시간을 절대 잊지 말자고 다짐했다. 잃어버릴 수밖에
없었던 이유만을, 텅 빈 상실감만을 마주하고 기록해갔다.
그러다 보니 채워진다는 게 어떤 느낌인지 보다 명확하게 알 수 있었다.

일식은 세상이 컴컴해지며 달그림자가 태양을 덮는 찰나,

상 실 의　시 대

빛을 잃어버리는 상실.

눈부신 햇살과 부드러운 하늘빛을 보고 싶지 않은 어떤 날,

지극히 하찮고 시시한 하루를 보내며 방황하는 어떤 날은,

일식의 공기 속에 몸을 맡긴다.

그렇지만 해는 서서히 빛을 만들며 내 의지와 상관없이 차오르고

그에 따라 세상도 시치미 뚝 뗀 채 그림자를 밀어낸다.

그럼 나도 녹슨 태엽을 다시 감아 움직여보려고 애를 쓴다.

삐걱, 삐걱, 삐걱……. 다만 이젠 일식을 먼저 기억한다.

그리고 매일매일 다시 드는 햇빛에 까마득히 한가득 매달린

상실의 눈물을 조심스레 털어 한껏 말려본다.

"봄철의 들판을 네가 혼자 거닐고 있으면 말이지,
저쪽에서 벨벳같이 털이 부드럽고 눈이 똘망똘망한
새끼 곰이 다가오는 거야. 그리고 네게 이러는 거야.
'안녕하세요, 아가씨. 나와 함께 뒹굴기 안 하겠어요?' 하고.
그래서 너와 새끼 곰은 부둥켜안고 클로버가 무성한 언덕을
데굴데굴 구르면서 온종일 노는 거야. 그거 참 멋지지?"

_본문 355쪽 중에서

상 실 의   시 대

"봄철의 들판을 네가 혼자 거닐고 있으면 말이지, 저쪽에서 벨벳 같이 털이 부드럽고 눈이 똘똘망한 새끼곰이 다가오는 거야. 그리고 네게 이러는 거야. '안녕하세요, 아가씨. 나와 함께 뒹굴기 안 하겠어요?' 하고. 그래서 너와 새끼곰은 부둥켜안고 클로버가 무성한 언덕을 데굴데굴 구르면서 온종일 노는 거야. 그거 참 멋지지?"

"그리고 날 언제까지나 소중히 생각해 줄......"

"물론" 하고 나는......

같은 머리카락을 쓸어

"걱정 마. 모든 게......

"하지만 겁이 나. 나......

미도리의 어깨를 가볍게......

적으로 오르내리기......

용히 침대에서......

나는 잠이 오지......

러봐도 책 같은......

책꽂이의......

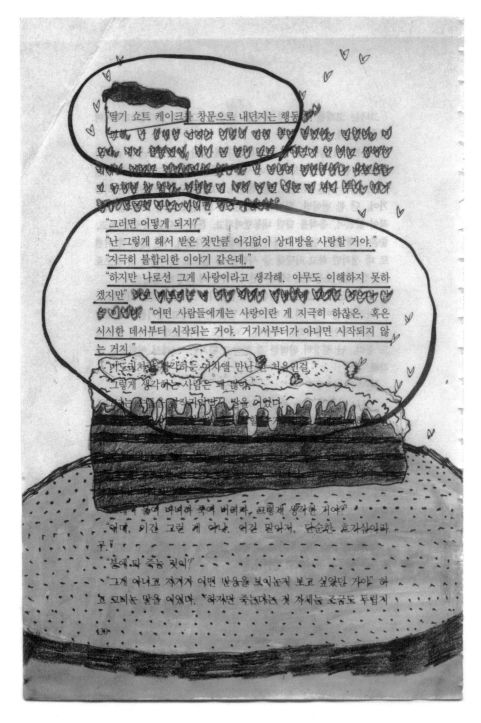

"딸기 쇼트 케이크를 창문으로 내던지는 행동

"그러면 어떻게 되지?"
"난 그렇게 해서 받은 것만큼 어김없이 상대방을 사랑할 거야."
"지극히 불합리한 이야기 같은데."
"하지만 나로선 그게 사랑이라고 생각해. 아무도 이해하지 못하
겠지만 "어떤 사람들에게는 사랑이란 게 지극히 하찮은, 혹은
시시한 데서부터 시작되는 거야. 거기서부터가 아니면 시작되지 않
는 거지."

상실의 시대

"그러면 어떻게 되지?"
"난 그렇게 해서 받은 것만큼 어김없이
상대방을 사랑할 거야."
"지극히 불합리한 이야기 같은데."
"하지만 나로선 그게 사랑이라고 생각해.
아무도 이해하지 못하겠지만"
"어떤 사람들에게는 사랑이란 게 지극히 하찮은,
혹은 시시한 데서부터 시작되는 거야.
거기서부터가 아니면 시작되지 않는 거지."

_본문 130쪽 중에서

"……내가 두려운 건 그런 죽음이야.
서서히 서서히 죽음의 그림자가 생명의 영역을 침식해서,
정신이 들면 어두침침해서 아무것도 안 보이고,
주위 사람들도 나를 산 사람보다도 죽은 사람에 가깝다고
생각하는, 그런 상황 말이야. 그런 건 싫어.
절대로 견딜 수가 없어, 난."

_본문 131쪽 중에서

상 실 의   시 대

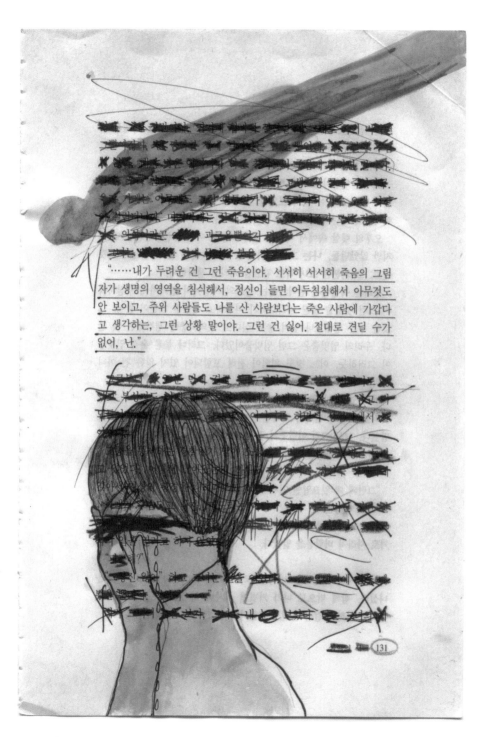

"……내가 두려운 건 그런 죽음이야. 서서히 서서히 죽음의 그림자가 생명의 영역을 침식해서, 정신이 들면 어두침침해서 아무것도 안 보이고, 주위 사람들도 나를 산 사람보다는 죽은 사람에 가깝다고 생각하는, 그런 상황 말이야. 그런 건 싫어. 절대로 견딜 수가 없어, 난."

"내가 느끼고 있는 것은 어느 의미에서는 옳다고 했어.
그는 우리들이 이곳에 와 있는 건, 그 비뚤어진 것을
교정하기 위해서가 아니라 그 비뚤어짐에 익숙해지기
위해서라고 했지. 우리들의 문제점 중 하나는,
그 비뚤어짐을 인정하고 받아들이지 못하는 데 있다는 거야.
각기 사람마다 걸음걸이에 버릇이 있듯이 느끼는 방식이나
사고방식, 사물에 대한 견해에도 버릇이 있고,
그것은 고치려 해도 갑자기 고쳐지는 것이 아니며,
무리하게 고치려 들면 다른 데가 이상해진다는 거야."

_본문 145쪽 중에서

상 실 의  시 대

내가 느끼고 있는 것은 어느 의미에서는 옳다고 했어. 그는 우리들이 이곳에 와 있는 건, 그 비뚤어진 것을 교정하기 위해서가 아니라 그 비뚤어짐에 익숙해지기 위해서라고 했지. 우리들의 문제점 중 하나는, 그 비뚤어짐을 인정하고 받아들이지 못하는 데 있다는 거야.

각기 사람마다 걸음걸이에 버릇이 있듯이 느끼는 방식이나 사고 방식, 사물에 대한 견해에도 버릇이 있고, 그것은 고치려 해도 갑자기 고쳐지는 것이 아니며, 무리하게 고치려 들면 다른 데가 이상해진다는 거야.

"나 자신이 너에 대해 공정하지 못했다고 생각해.
그리고 그래서 너를 매우 어지럽게 했고,
상처받게 했으리라 생각해.
그리고 그 일로 해서 나 역시 나 자신을 휘둘렀으며,
상처를 입혔어. 변명하는 것도 아니고 자기변호를
하자는 것도 아니지만, 정말 그런 것 같아.
만일 내가 네 마음속에 어떤 상처를 남겨놓았다면,
그것은 너만의 상처가 아니고 나의 상처기도 해.
그러니까 그 일로 해서 나를 미워하진 말아줘.
나는 불완전한 인간이야. 난 네가 생각하고 있는 것보다
훨씬 불완전한 인간이야."

_본문 143쪽 중에서

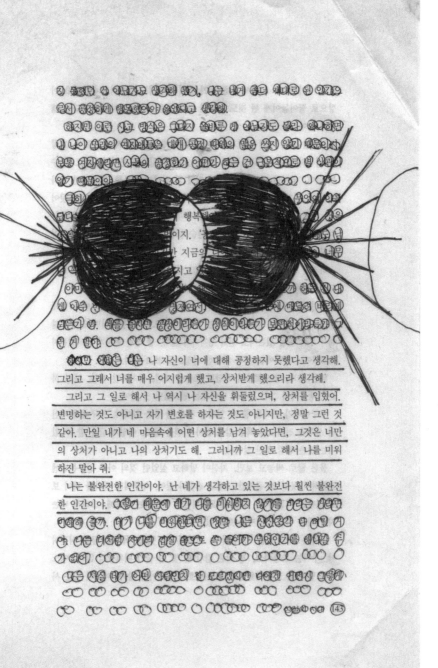

나 자신이 너에 대해 공정하지 못했다고 생각해. 그리고 그래서 너를 매우 어지럽게 했고, 상처받게 했으리라 생각해.

그리고 그 일로 해서 나 역시 나 자신을 휘둘렀으며, 상처를 입었어. 변명하는 것도 아니고 자기 변호를 하자는 것도 아니지만, 정말 그런 것 같아. 만일 내가 네 마음속에 어떤 상처를 남겨 놓았다면, 그것은 너만의 상처가 아니고 나의 상처기도 해. 그러니까 그 일로 해서 나를 미워하진 말아 줘.

나는 불완전한 인간이야. 난 네가 생각하고 있는 것보다 훨씬 불완전한 인간이야.

어떠한 진리도 사랑하는 이를 잃은 슬픔을
치유할 수는 없다는 것이다.
어떠한 진리도 어떠한 성실함도 어떠한 강함도
어떠한 부드러움도 그 슬픔을 치유할 수는 없는 것이다.
우리는 그 슬픔을 실컷 슬퍼한 끝에 거기서
무엇인가를 배우는 길밖에 없으며, 그리고 그렇게 배운
무엇도 다음에 닥쳐오는 예기치 않은 슬픔에는
아무런 도움이 되지 못하는 것이다.

_본문 413쪽 중에서

상 실 의   시 대

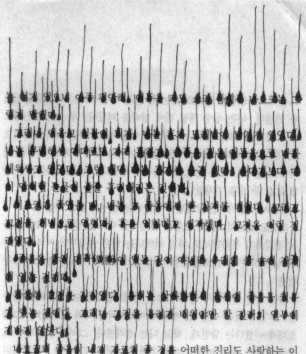

어떠한 진리도 사랑하는 이를 잃은 슬픔을 치유할 수는 없다는 것이다.

어떠한 진리도 어떠한 성실함도 어떠한 강함도 어떠한 부드러움도 그 슬픔을 치유할 수는 없는 것이다.

우리는 그 슬픔을 실컷 슬퍼한 끝에 거기서 무엇인가를 배우는 길밖에 없으며, 그리고 그렇게 배운 무엇도 다음에 닥쳐오는 예기치 않은 슬픔에는 아무런 도움이 되지 못하는 것이다.

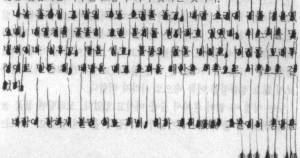

"이 드넓은 세계에는 흔히 있는 일이니까!
날씨가 좋은 날 아름다운 호수에 보트를 띄우면 호수도
아름답지만 하늘도 아름답다는 것과 다를 게 없어.
그런 식으로 고민하지 말아요. 내버려둬도 만사는 흘러갈
방향으로 흘러가고, 아무리 최선을 다해도 사람은
상처 입을 땐 어쩔 수 없이 상처를 입게 마련이지.
인생이란 그런 거야."

_본문 407쪽 중에서

상 실 의   시 대

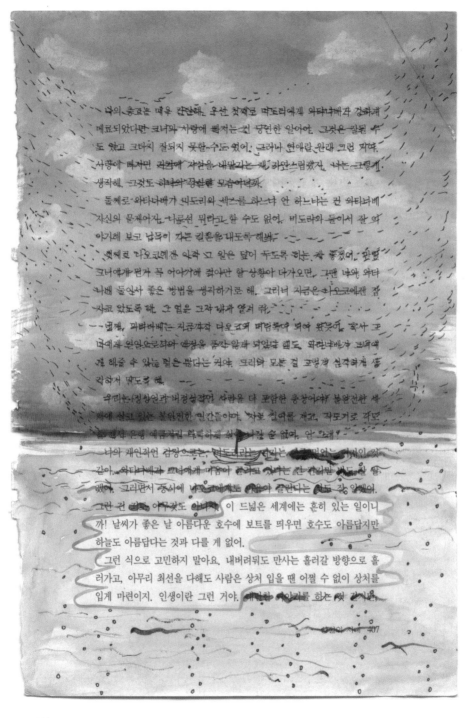

나의 충고는 매우 간단해. 우선 첫째로 미도리에게 와타나베가 강하게 매료되었다면 코나와 사랑에 빠지는 건 당연한 일이야. 그것은 잘될 수도 있고 그다지 잘되지 못할 수도 있어. 그러나 연애란 원래 그런 거야. 사랑에 빠지면 걷잡을 수 없지. 나는 그렇게 생각해. 그것도 하나의 훌륭한 모습이야.

둘째로 와타나베가 미도리와 섹스를 하느냐 안 하느냐는 건 와타나베 자신의 문제야. 나로선 뭐라고 할 수도 없어. 미도리와 둘이서 잘 얘기해 보고 납득이 가는 결론을 내도록 해봐.

셋째로 나오코에겐 아직 그 일은 덮어 두도록 하는 게 좋겠어. 만일 그녀에게 먼저 꼭 얘기해야만 할 상황이 다가오면, 그땐 나와 와타나베 둘이서 좋은 방법을 생각하기로 해. 그러니 지금은 나오코에겐 잠자코 있도록 해.

넷째, 와타나베는 지금까지 나오코에게 버팀목이 되어 왔어. 혹시 그녀와의 연애 감정을 몽땅 잃어버렸다 해도, 와타나베가 그녀에게 해줄 수 있는 일은 많다는 거야. 그러니 모든 걸 그렇게 심각하게 생각하지 말도록 해.

우리는 불완전한 세계에 살고 있는 불완전한 인간들이야. 자로 잰 듯이 정확하게 살 순 없어.

나의 개인적인 감정으로는, 와타나베가 미도리에게 마음이 끌린다고 해서 그런 건 아무것도 아니야. 이 드넓은 세계에는 흔히 있는 일이니까! 날씨가 좋은 날 아름다운 호수에 보트를 띄우면 호수도 아름답지만 하늘도 아름답다는 것과 다를 게 없어.

그런 식으로 고민하지 말아요. 내버려둬도 만사는 흘러갈 방향으로 흘러가고, 아무리 최선을 다해도 사람은 상처 입을 땐 어쩔 수 없이 상처를 입게 마련이지. 인생이란 그런 거야.

pp.24

# 왜 나는 너를 사랑하는가

누군가 책 마지막 페이지에 '사랑합니다'라고
적어 내게 고백하는 달콤한 상상.

누군가를 알고 나서부터
시작되는 상대적인 초시계,
그 안에 존재하는 수많은 타이밍.

내 두 눈이 이별을 부르고 있다더라.
내 눈이 우박 같은 흰 눈을 부르고 있다더라.

생의 끝에 가야만 필생의 사랑이 무엇인지 안다는 데 그럼 필생의
이별도 다 살아봐야 아는 걸까? 지금 이게 필생의 이별이 아니라면 젠장,
앞으로 얼마나 더 힘들다는 거지? 그를 아꼈던 의지와 인내, 날 믿었던
그의 신뢰가 혼합되어 있던 시공간은 죽을 만큼 죽었다.

혼란조차 옅어지고 설명할 수 없는 외로움만 차갑게 흘러 단순하고
지루한 시간들이 생겨나기 시작한다. 그런 의미에서 이별은 잠시 나를
죽은 시간으로 옮겨 놓는다. 흰 눈으로 폭삭 뒤덮인 내 숨소리만 들리는

어두운 동굴로 들어가 무감각해질 때까지 그곳에서 살고 또 산다.
이렇게 나는 '그를 사랑했던 나 자신'과 또 한 번의 이별을 경험한다.
어쩌면, 어딘가 존재할 필생의 사랑일 당신을
아직은 사랑하긴 힘들 것 같다.
지금이 그렇다는 말이다.


예쁘장스레 하다고 말해주면 그런 줄 알고 사랑에 덤버덩덤버덩 빠질
당신이 이 얼어붙은 눈을 녹여주면 좋을 텐데.
생낯인데도 어딘가 닮았다며 유난을 떨 당신이
내 이름을 불러주면 좋을 텐데.
내 몸을 만지면 손끝에 전기가 일어 바스스 소리가 날 것 같다는 당신,
더욱더 내 몸 깊숙한 곳에 지문을 남겨주면 좋을 텐데.

시간이 흘러 '그때의 나와 이별한 나'는
언젠가 당신과 조우하겠지. 바로 그때야.

당신이 반짝인다면 반짝인다고 말할 수 있을 때,
지금이 지나면 꼭 당신 이름을 찾겠어.
그때는 열에 찬 내 이름을 꼭 불러주기를…….

어떤 사람을 두고 자신의 필생의 사랑이라고 말하는 것은
다 살아보고 나서야 가능한 일이다.

_본문 9쪽 중에서

왜 나는 너를 사랑하는가

어떤 사람을 두고 자신의 필생의 사랑이라고 말하는 것은 다 살아보고 나서야 가능한 일이다(따라서 불가능하다고 보아야 한다)

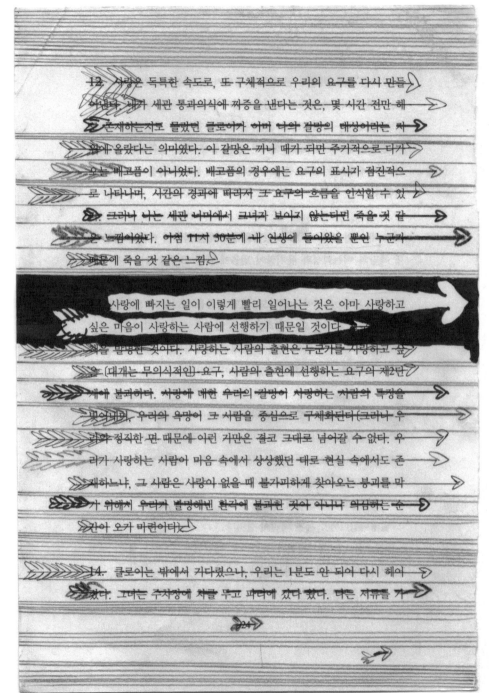

12. 사랑은 독특한 속도로, 또 구체적으로 우리의 요구를 다시 만들 어낸다. 내가 세관 통과의식에 짜증을 낸다는 것은, 몇 시간 전만 해 도 존재하는지도 몰랐던 클로어가 어머 너의 갈망의 대상이려는 차 원에 올랐다는 의미였다. 이 갈망은 끼니 때가 되면 주기적으로 되가 오는 배고픔이 아니었다. 배고픔의 경우에는 요구의 표시가 점진적으 로 나타나며, 시간의 경과에 따라서 그 요구의 흐름을 인식할 수 있 다. 그러나 나는 세관 너머에서 그녀가 보이지 않는다면 죽을 것 같 은 느낌이었다. 어쩜 11시 30분에 내 인생에 들어왔을 뿐인 누군가 때문에 죽을 것 같은 느낌.

사랑에 빠지는 일이 이렇게 빨리 일어나는 것은 아마 사랑하고 싶은 마음이 사랑하는 사람에 선행하기 때문일 것이다.

13. 욕망은 개성을 밝혀낸 것이다. 사랑하는 사람의 출현은 누군가를 사랑하고 싶 은 (대개는 무의식적인) 요구, 사람의 출현에 선행하는 요구의 제2단 계에 불과하다. 사랑에 대한 우리의 갈망이 사랑하는 사람의 특징을 빚어내며, 우리의 욕망이 그 사람을 중심으로 구체화된다(그러나 우 리의 정직한 면 때문에 이런 자만은 결코 그대로 넘어갈 수 없다. 우 리가 사랑하는 사람이 마음 속에서 상상했던 대로 현실 속에서도 존 재하느냐, 그 사람은 사랑이 없을 때 불가피하게 찾아오는 붕괴를 막 기 위해서 우리가 발명해낸 환각에 불과한 것이 아니냐 의심하는 순 간이 오기 마련이다).

14. 클로어는 밖에서 기다렸으나, 우리는 1분도 안 되어 다시 헤어 졌다. 그녀는 주차장에 차를 두고 파리에 갔다 했다. 나는 저류를 가

124

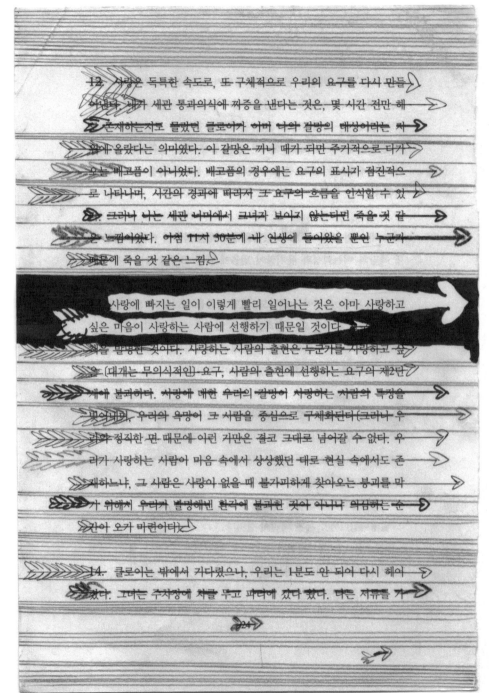

사랑에 빠지는 일이 이렇게 빨리 일어나는 것은
아마 사랑하고 싶은 마음이 사랑하는 사람에
선행하기 때문일 것이다.

_본문 24쪽 중에서

의미론적 관점에서는 설명할 수 없었지만
갑자기 나는 클로이를 사랑하는 것이 아니라
마시멜로한다는 것이 분명해졌다.
마시멜로가 어쨌길래 그것이 나의 클로이에 대한 감정과
갑자기 일치하게 되었는지 나는 절대 알 수 없을 것이다.
그러나 그 말은 너무 남용되어
닳고 닳아버린 사랑이라는 말과는 달리,
나의 마음 상태의 본질을 정확하게 포착하는 것 같았다.
그때부터 사랑은, 적어도 클로이와 나에게는,
이제 단순히 사랑이 아니었다.
그것은 입에서 맛있게 녹는, 지름 몇 밀리미터의
달콤하고 말캉말캉한 물체였다.

_본문 133쪽 중에서

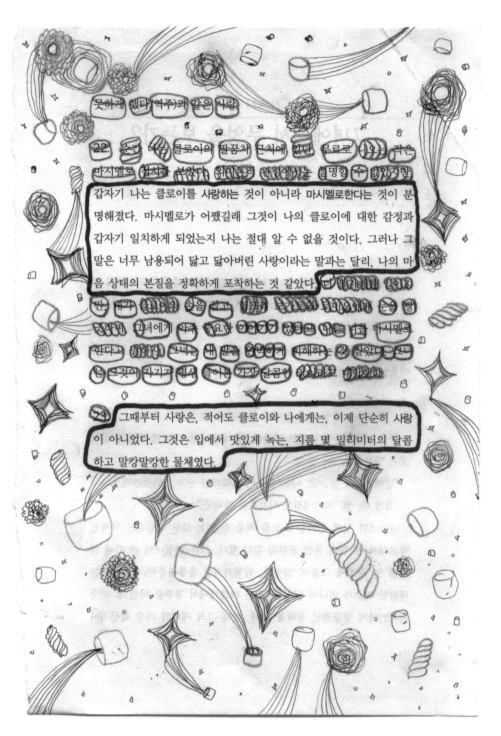

못하게 했다(역주)과 같은 사랑

22. 순간 나는 클로이의 팔꿈치 근처에 있던 프로로 사온 작은 마시멜로 조각을 보았다. 위의 문장 관점에서는 설명할 수 없지만

갑자기 나는 클로이를 사랑하는 것이 아니라 마시멜로한다는 것이 분명해졌다. 마시멜로가 어쨌길래 그것이 나의 클로이에 대한 감정과 갑자기 일치하게 되었는지 나는 절대 알 수 없을 것이다. 그러나 그말은 너무 남용되어 닳고 닳아버린 사랑이라는 말과는 달리, 나의 마음 상태의 본질을 정확하게 포착하는 것 같았다. 더 정기하게 일치하면 매주 그녀의 손을 보면 무겁다 불가능하게 순 멍 못하게 그녀에게 아주 중요한 이것이 있었다 나는 그녀 마시멜로 한다고 말했다. 그녀는 내 말을 완전히 이해하는 것 같았다. 그것이 자기가 명생 들었던 가장 달콤한 말이라고 대답했다.

23. 그때부터 사랑은, 적어도 클로이와 나에게는, 이제 단순히 사랑이 아니었다. 그것은 입에서 맛있게 녹는, 지름 몇 밀리미터의 달콤하고 말캉말캉한 물체였다.

그림 9.3 비트겐슈타인의 오리-토끼
어떤 아름다운 이미지

_본문 119쪽 중에서

비트겐슈타인의 오리-토끼

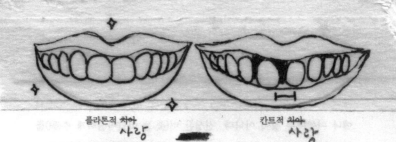

플라톤적 치아
사랑

칸트적 치아
사랑

나는 나의 욕망의 은밀함, 까다로움, 누구도 클로이의 치아가 나에게 주는 의미를 짐작할 수 없을 것이라는 사실을 좋아했다.

두까지 사모하는 사랑, 모든 것을 받아들이는 사랑. 그러나 연인들에

지는 특정한 경우보다는 보편적 경우에 어울린다. 모든 여자에 대한

⑦ 낭만적 사랑은 처녀적일 수 없다. 낭만적 사랑은 특정한 몸의 언어로 말한다. 낭만적 사랑이 관심을 가지는 것은 일반성이 아니라 독특함이다. 그것은 이웃 A가 자기와는 다른 미소나 주근깨나 웃음이나 의견이나 발목 때문에 이웃 B를 사랑하게 되는 문제이다.

스러워지는 것은 가준 때문이다. 구두가

되는 것은 이웃 A를 이웃 B로 바꾸려고 하,                 이웃 B를 결혼 전에

의, 그리고 마침내 편협함이 싹튼다.

⑧ 매번 유리공을 부른일 일어 발생하지는 않았지만 비자유주의는

왜 너는

pp.26

# 참을수없는 존재에 대한 가벼움

책의 안쪽은 은밀하다.

당신의 뜨거운 심장 속에 박힌 별은 어떻게 어루만져야 빛날 수 있었나.
나에게 아로새겨지는 기억은 당신 땀 냄새에 코를 댄 채
불안에 떨면서 힘주어 끌어안았던 나의 몸짓들,
당신의 몸이 뒤척이며 내는 소리에 귀를 기울이던 내 숨소리들뿐이니
당신에게 닿지 못한 것이나 마찬가지다.
배신 따위 없다고 확신한 다음날 돌아누운 서로의 등,
구겨진 옷을 천근만근이나 되는 듯 힘겹게 껴입고는 도망가는 우리의 뒷모습
이, 빛나지 않는 별로만 꽉 찬 우주같이 무섭도록 무겁고도 가벼워 보인다.


'사랑을 경험할수록 나 자신을 알게 된다'라는 말은
나를 위한 키치적 방어막일 뿐,

당신과 나 사이의 무게를 덜거나 더해줄 순 없다.

실은 당신과의 그 운명적인 하룻밤이 가장 키치적이었다.

너무 행복해서 영원히 반복하고 싶은 욕망만이 머릿속에 차올랐고

그게 전부였다. 당신이 내게 행복하냐고 물었던 질문은

당신의 행복을 확인하려는 도돌이표였다.

나 역시 당신이 행복한지 묻지 않았다.

우린 서로의 삶에 관해 묻지 않았다.

분명 각자의 마음속에는 아름다운 별무리가 흐르고 있었을 텐데,

그것을 찾지 않았다.


이미 늦었지만, 언젠가 당신을 배신할지도 모른다고 이야기했어야 했다.

그래서 당신이 왜 그런 말을 하냐고 책망이라도 하면, '모릅니다.

배신할 겁니다. 모른다니까요. 비밀입니다. 배신할 예정입니다.

언제일지 말하지 않겠어요. 나도 정말, 정말 모릅니다.

두터운 베일로 내 몸을 가려 내 발 끝 정도만 보이게 놔두겠다'며

당신과 나를 미지의 시간에 던져버렸어야 했다.


'제대로 된 배신'은 내 감정을 합리화하지 않고 당신을,

밥상을, 전화를, 침대를, 현관문을, 정거장을, 시계를, 사진을, 풍경을

내려두고 떠나는 것이다. 우리가 함께 경험한 어떤 시간들이

진부함인지 또 다른 익숙함인지를 알고,


참 을 수 없 는 존 재 에 대 한 가 벼 움

행여 전자라면 과감히 내동댕이칠 수 있는 용기가 배신이다.

믿음을 얻기 위한 배신이 무엇인지 알기 위해 당신을 만난다고,

그래서 당신을 사랑한다고 말하고 싶다.

당신과 나 사이에 관한 무의식적 고백들이 울컥, 하고

눈물과 함께 쏟아져 나와 더 이상 말이 필요 없게 될 때를 알고 싶다.

불완전해도 재단하지 않은 몸짓과 눈빛으로 당신을 바라볼 수 있을 때,

그 때, 모두를 버리는 것이다. 가벼움이든 무거움이든

인스턴트 음식 조리법같이 간편한 사랑의 제스처들은

안락한 이별을 예고하는 사인이다.

우연과 운명이 만든 불꽃이 그저 황홀해 우리의 불꽃놀이는 펑!

그렇게 금방 끝나고 말았다.

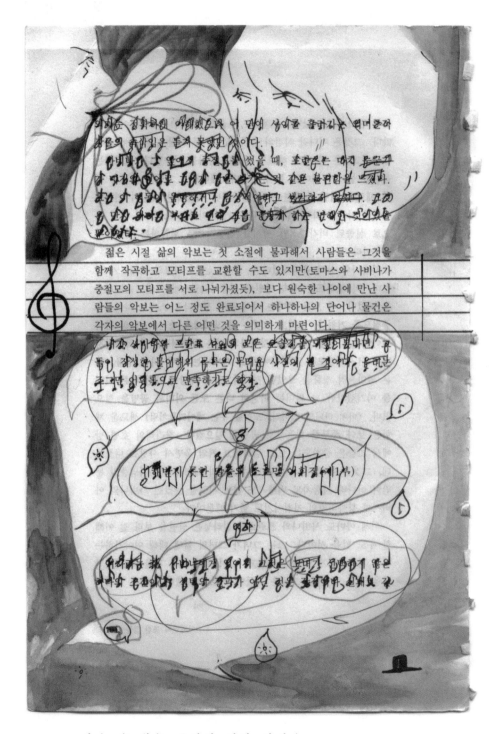

젊은 시절 삶의 악보는 첫 소절에 불과해서 사람들은 그것을
함께 작곡하고 모티프를 교환할 수도 있지만(토마스와 사비나가
중절모의 모티프를 서로 나눠가졌듯), 보다 원숙한 나이에 만난 사
람들의 악보는 어느 정도 완료되어서 하나하나의 단어나 물건은
각자의 악보에서 다른 어떤 것을 의미하게 마련이다.

젊은 시절 삶의 악보는 첫 소절에 불과해서 사람들은
그것을 함께 작곡하고 모티프를 교환할 수도 있지만
(토마스와 사비나가 중절모의 모티프를 서로 나눠가졌듯),
보다 원숙한 나이에 만난 사람들의 악보는 어느 정도
완료되어서 하나하나의 단어나 물건은 각자의 악보에서
다른 어떤 것을 의미하게 마련이다.

_본문 104쪽 중에서

사람들이 그녀의 삶을 가지고 만들어내려고 했던 키치로부터 벗어나기 위해서 그녀는 처절한 노력을 해야만 했다.

사비나는 석양 속에서 반짝이는 두 개의 창문을 보고 가슴이 뭉클해졌다.

그녀는 일생 동안 자신의 적은 키치라고 단언했었다. 그러나 그녀 자신조차도 자신의 존재 깊숙한 곳에 키치를 품고 살았던 것은 아닐까? 그녀의 키치, 그것은 사랑하는 어머니와 지혜로운 아버지가 군림하는 평화롭고 부드럽고 조화로운 가정의 모습이다. 이 이미지는 그녀의 부모가 죽은 뒤에 가슴속에서 배태되었다.

참을 수 없는 존재에 대한 가벼움

존재 대한 똥이 부정되고 미학적 이상이 키치

키치란 본질적으로 똥에 대한 절대적 부정이다. 키치는 자신의 시야에서 인간 존재가 지닌 것 중에서 본질적으로 수락할 수 없는 모든 것을 배제한다.

배신.
어린 시절부터 아빠와 학교 선생님들은,
배신이란 인간이 생각할 수 있는 가장 추악한 것이라고
누차 우리에게 말하곤 했다. 그러나 배신한다는 것이
무슨 뜻일까? 배신한다는 것은 줄 바깥으로 나가는 것이다.
배신이란 줄 바깥으로 나가 미지의 세계로 떠나는 것이다.
사비나에게 미지로 떠나는 것보다 더 아름다운 것은 없었다.

_본문 107쪽 중에서

사비나를 유혹하는 것은 정조가 아니라 배신이었다.

배신. 어린 시절부터 아빠와 학교 선생님들은, 배신이란 인간
이 생각할 수 있는 가장 추악한 것이라고 누차 우리에게 말하곤
했다. 그러나 배신한다는 것이 무슨 뜻일까? 배신한다는 것은 줄
바깥으로 나가는 것이다. 배신이란 줄 바깥으로 나가 미지의 세
계로 떠나는 것이다. 사비나에게 미지로 떠나는 것보다 더 아름
다운 것은 없었다.

짐이 무거우면 무거울수록, 우리 삶이 지상에 가까우면
가까울수록, 우리의 삶은 보다 생생하고 진실해진다.
반면에 짐이 완전히 없다면 인간 존재는 공기보다 가벼워지고
날아가버려, 지상적 존재로부터 멀어진 인간은 기껏해야
반쯤만 생생하고 그의 움직임은 자유롭다 못해
무의미해지고 만다.

_본문 11쪽 중에서

참 을 수 없 는 존 재 에 대 한 가 벼 움

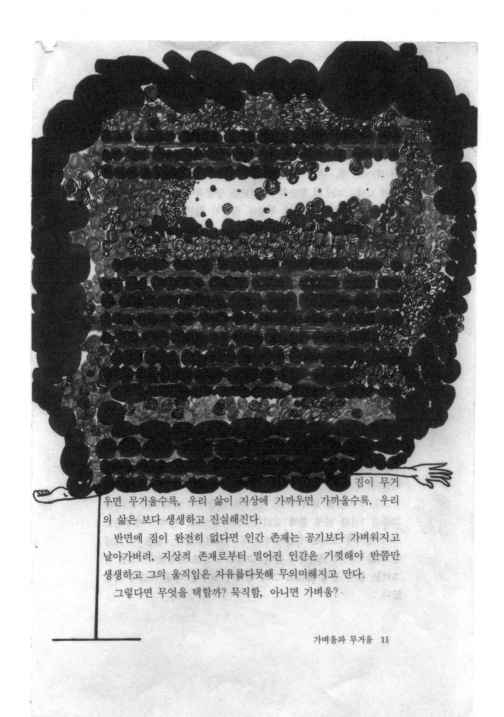

짐이 무거

우면 무거울수록, 우리 삶이 지상에 가까우면 가까울수록, 우리
의 삶은 보다 생생하고 진실해진다.

반면에 짐이 완전히 없다면 인간 존재는 공기보다 가벼워지고
날아가버려, 지상적 존재로부터 멀어진 인간은 기껏해야 반쯤만
생생하고 그의 움직임은 자유롭다못해 무의미해지고 만다.

그렇다면 무엇을 택할까? 묵직함, 아니면 가벼움?

가벼움과 무거움 11

책이란 은밀한 동지애를 확인하는 암호였
다. 그녀를 둘러싼 저속한 세계에 대항하는 그녀의 유일한 무기
는 시립 도서관에서 빌려오는 책뿐이었다. 책은 그녀에게
아무런 만족도 주지 못하는 삶으로부터 벗어나는 상상적 도피의
기회를 제공했지만, 그 자체로도 의미가 있었다.

04.

# 책은 대항한다

책은 부조리한 세상으로부터
점점 뒤로 한 발짝 물러서는
우리를 대항하게 만든다.

pp.28
# 생의 한가운데

책은 생을 낮설게 비추어주는 거울이다.

생(生)을 한탄할 순 있어도
현실을 핑계 삼아 살지는 않으리

결론부터 말하자면, 니나처럼 산다는 것은
느슨하게 채워나가던 생의 기록을 모두 태우는 것이다.
책으로 따지자면 첫 페이지가 아닌 그 앞 0페이지,
기록되지 않은 그 무엇이다. 뜨겁게 탐할, 아직 경험하지 않은
'어떤' 생의 탄생을 예고하는 것이다. 친구 진과 옥은 생의 모든 것을
낯설게 만들어 니나처럼 그 한가운데로 풍덩 뛰어들었다.
니나처럼 산다는 것은 생의 한가운데 깃발을 꽂고 투쟁하는 것이다.

하루는 진이 체 게바라 티셔츠를 제작해야 한다며 그림을 부탁했다.
당시 첫 번째 그림소설과 음반을 준비하느라 정신없이 예민하고
바빴던 시간을 바로 멈추고, 흔쾌히 체 게바라를 그렸다.

체 게바라 얼굴이 프린트된 티셔츠는 그녀가 전쟁 없는 세상을 위해
몸담고 있는 연대에 소소한 도움이 되었다.
난 '잠시' 니나처럼 살 수 있었다. 니나처럼 산다는 것은 의존을 밀어내고,
독립을 취하는 것이다. 친구 옥은 평화군축을 위한 활동가다.
부모님의 반대로 머리채를 움켜잡힌 채 질질 끌려갔다가도
도망쳐 나와 맨발로 새로운 땅을 밟는 그녀다.
자그마한 집을 얻어 독립도 했다. 안정적으로 보호받던 울타리를
훌쩍 뛰어넘은 그 땅에 진심으로 원하는 자신의 그림을 그리고 있다.
하루는 옥이 행사를 위해 공연을 부탁했다.
한달음에 달려가 노래를 불렀다. 난 '잠시' 니나처럼 살 수 있었다.


니나처럼 산다는 것은 대의를 몸으로 힘껏 꺼안는 것이다.
　　진과 옥은 전쟁과 폭력에 맞서 오늘도 열심히 밖으로 나가 투쟁 중이다.
　　그 투쟁은 절망에 찬 존재들을 도와주는 이타적인 몸짓이다.
　　그 몸짓은 사사로움과 안락함을 버리는 용감한 춤이다.
　　적의로 가득한 곳이라면 심장에 촛불을 켜고 달려가
　철퍼덕 주저앉아 노래를 부른다. 고맙게도 그들은 벼락이라도 치면
와락 주저앉아버리는 소심한 내 손을 이끌고 노래 한 소절 부르게끔
자신의 땅에 초대한다. 난 '잠시' 니나처럼 살 수 있었다.


진과 옥은 생의 0페이지를 갖기 위해 많은 걸 비워냈다.


생 의　한 가 운 데

그녀들이 자신들 앞을 거대하게 막고 있던 거대한 생의 파도를 넘어갈 때,
스물일곱 살의 난 첫 번째 책《선인장 크래커》를 막 출간했었다.
그리고 해가 지나 스물여덟 살이 되었을 때, 부끄러운 감정이 한없이
밀려왔다. 내 모습으로만 꽉 찬 거울에 비치는 상에 '비움'은 없었다.
정체성에 관한 뻔하고 숱한 질문에 누군가를 위한 슬픔과 고독은 없었다.
나 아팠다고, 힘들었다고 투덜투덜 불평만 해댈 뿐 그 생이
내가 원했던 것이었다고 당당하게 대답해줄 수 없었다.
발가락 끝에 찰랑이는 작은 파도만 곱게 뛰어넘은 소녀였을 뿐,
헤아릴 수 없이 넓고 깊은 바다에 뛰어들지 않았다.
비워낼 용기가 없었던 게 아니다.
돌이켜보면 그럴 마음이 없었던 게 맞다.


진과 옥, 그리고 수많은 니나들이 여전히 내 생의 한가운데 살고 있다.
다행히 흐릿하게 남아 있는 용기를 그들이 계속 그리워해주고
떠오르게 해주어 건강한 땀과 눈물을 흘리게 만들어준다.


"그래서 말인데 수많은 니나들아,
내가 더 비겁해지지 않게 조금만 더 내 곁에서 숨 쉬어줘.
진심으로 자신이 원하는 생을 갖기 위해 그 외의 모든 것을 덜어내고
비워내는 투쟁의 0페이지에서 꼭 함께 만나기를……."

"커다란 충격만이 우리들 앞으로 날아가는 거야.
작은 충격은 우리를 점점 비참 속에 몰아넣고.
그러나 그건 아프지 않거든. 타락은 편한 일이니까.
내 생각으로는 그건 마치 파탄 직전에 있는 상인이
파산을 감추기 위해서 여기저기서 돈을 빌리고
일생 동안 이자를 갚아가는 공포에 싸인 소상인으로
그치는 것과 같다고 생각돼.
나는 언제나 파산을 선언하고는
다시 처음부터 개시하는 편을 택하고 싶어."

_본문 116쪽 중에서

생 의  한 가 운 데

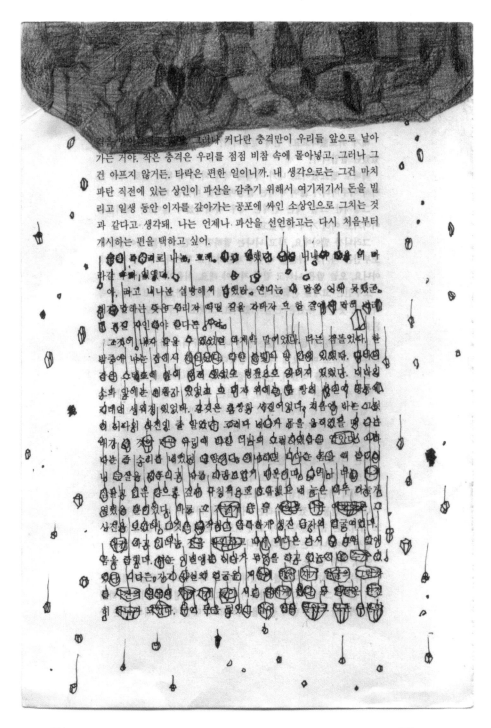

...같은 받아들여... 그러나 커다란 충격만이 우리들 앞으로 날아가는 거야. 작은 충격은 우리를 점점 비참 속에 몰아넣고. 그러나 그건 아프지 않거든. 타락은 편한 일이니까. 내 생각으로는 그건 마치 파탄 직전에 있는 상인이 파산을 감추기 위해서 여기저기서 돈을 빌리고 일생 동안 이자를 갚아가는 공포에 싸인 소상인으로 그치는 것과 같다고 생각돼. 나는 언제나 파산을 선언하고는 다시 처음부터 개시하는 편을 택하고 싶어.

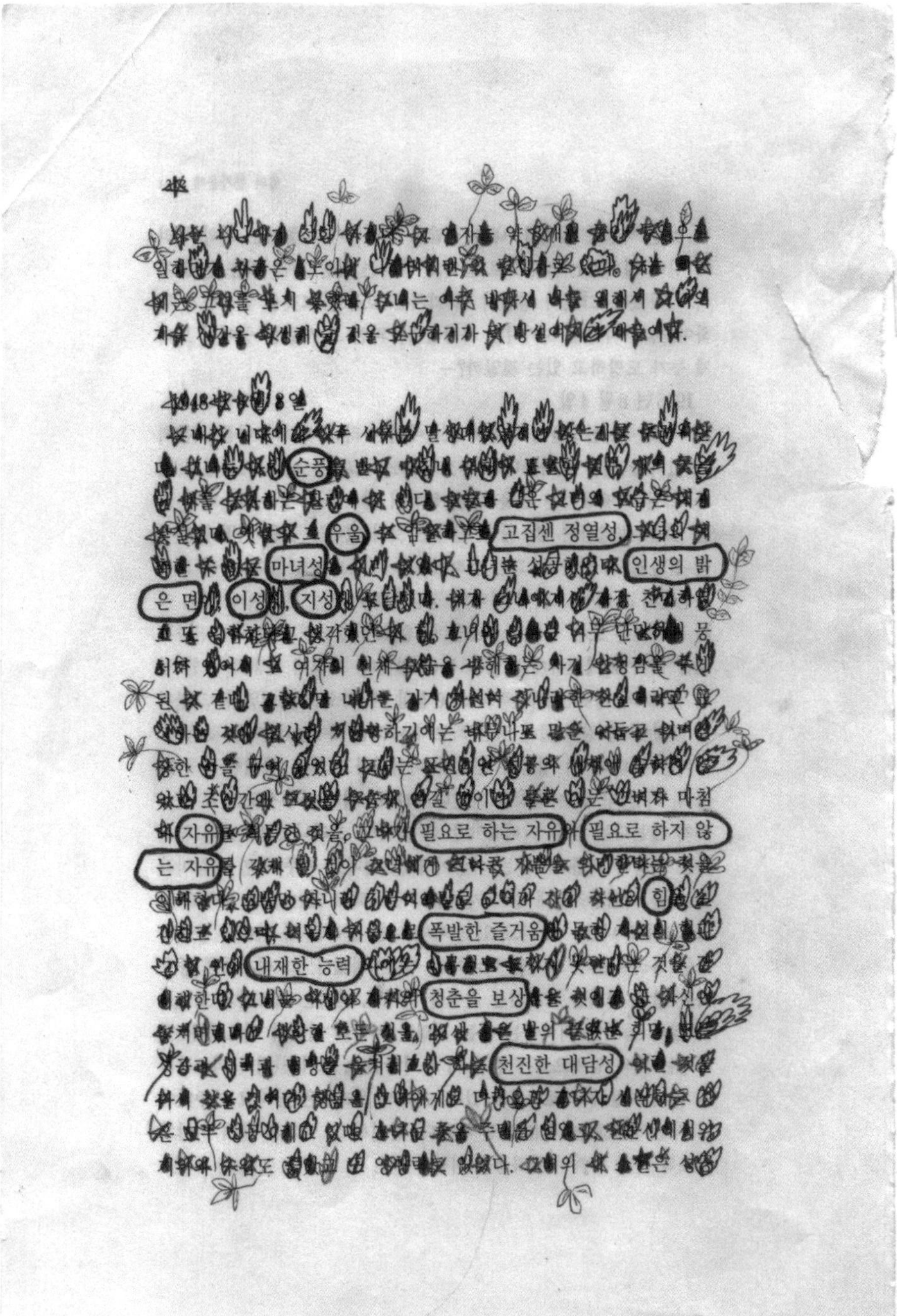

순풍

고집센 정열성

마녀성

인생의 밝은 면

이성애  지성

자유  필요로 하는 자유  필요로 하지 않는 자유

폭발한 즐거움

내재한 능력

청춘을 보상

천진한 대담성

지금이야말로 그녀가 자기 자신의 힘과
그 힘 안에 내재한 능력 외에는
아무것도 느끼지 못한다는 것을 잘 이해한다.
그녀는 이제야 자기의 청춘을 보상받을 것이고
또 자신이 놓쳐버렸다고 생각한 모든 것을,
20세 젊은 날의 끝없는 희망,
모든 성공과 세력과 명망을 움켜쥐고자 하는 천진한 대담성,
이런 것을 다시 찾을 것이다.

_본문 312쪽 중에서

"전에는 생이 투명하고 공개적이고 슈타인의 말처럼
언제나 감독할 수 있는 것이어야 한다고 생각했고,
우리는 밝은 대낮의 햇빛 속을 똑바로 곧은 길을 걸어갈 수 있고,
우리가 알고 있는 것과 바른 것을 모두 사람들을 향해서
큰 소리로 말할 수 있다고 생각했어. 자, 이제는 알았지?
나는 그러니까 그것을 받아들이든지 말든지 맘대로 할 것이고
나는 이대로 있고 다른 것은 안하겠다, 라고—그러나 이런
궤도가 하나밖에 없는 생을 가지고는 발전해 나갈 수가
없는 거야. 나는 이제는 우리가 거짓말을 하지 않을 수 없다는
것을 알게 되었어. 어린애들도 종종 그것이 필요하고
우리는 그것을 허락해주어야 해. 그것은 애들이 누구나
호기심으로 건드리고 파괴하지 못하도록
자기들의 생 위에 펼친 베일이야."

_본문 55쪽 중에서

생 의   한 가 운 데

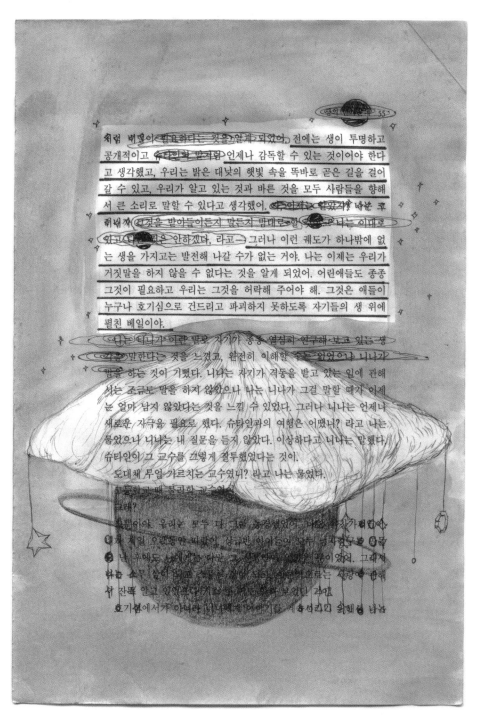

처럼 비밀이 필요하다는 것을 알게 되었어. 전에는 생이 투명하고
공개적이고 ~~다원한 맘처럼~~ 언제나 감독할 수 있는 것이어야 한다
고 생각했고, 우리는 밝은 대낮의 햇빛 속을 똑바로 곧은 길을 걸어
갈 수 있고, 우리가 알고 있는 것과 바른 것을 모두 사람들을 향해
서 큰 소리로 말할 수 있다고 생각했어. ~~우리에게~~ ~~확고한~~ 나는 호
취세까 ~~(이것을 받아들이든지 말든지 말대로~~ ~~할~~ 나는 이대로
~~하고~~ ~~다른 일은~~ 안하겠다, 라고 ~~그러나~~ 이런 궤도가 하나밖에 없
는 생을 가지고는 발전해 나갈 수가 없는 거야. 나는 이제는 우리가
거짓말을 하지 않을 수 없다는 것을 알게 되었어. 어린애들도 종종
그것이 필요하고 우리는 그것을 허락해 주어야 해. 그것은 애들이
누구나 호기심으로 건드리고 파괴하지 못하도록 자기들의 생 위에
펼친 베일이야.

~~나는 니나가 이런 말로 자기가 종종 열심히 연구해 보고 있는 생~~
~~각을 말한다~~ 것을 느꼈고, 완전히 이해할 수는 있었으나 니나가
말을 하는 것이 기뻤다. 니나는 자기가 격동을 받고 있는 일에 관해
서는 조금도 말을 하지 않았으나 나는 니나가 그걸 말할 때가 이제
는 얼마 남지 않았다는 것을 느낄 수 있었다. 그러나 니나는 언제나
새로운 자극을 필요로 했다. 슈타인과의 여행은 어땠니? 라고 나는
물었으나 니나는 내 질문을 듣지 않았다. 이상하다고 니나는 말했다.
슈타인이 그 교수를 그렇게 질투했었다는 것이.

도대체 무얼 가르치는 교수였니? 라고 나는 물었다.

~~동화~~ ~~과 판 물리학~~ 교수였어.

~~그래?~~

~~정말이야. 우리는 모두 다 그를 흥~~~~분했었어. 니나도 마찬가지였어.~~
~~어쩌~~ ~~제일 오랫동안 따라와 상급반 아이들도 모두 그~~ ~~자리로 모~~
~~여~~ ~~그 후에도 나~~~~서기도 다른 그 자리에도~~ ~~맘이었어. 그때~~
~~나는 소문 살이 생각만~~ ~~의~~ ~~생으로는 사람~~~~이므로는 사람을 관해~~
~~서 잔뜩 알고 있었다~~~~기 그걸 말~~~~말~~~~로 했던~~ 로는 보았다 ~~같았~~

호기심에서가 아니라 니나에게 ~~어떤~~~~을 계속서~~~~고 위해~~ 나는

"다만, 나는 여기에 더 있을 수가 없어. 왜냐하면…….
왜냐하면 내 생활을 변경해야 하기 때문이야."

_본문 17쪽 중에서

생의　한가운데

"나의 생시의 죄란 결단을 회피했다는 것이오.
나는 지금 그것이 비겁에서 나온 것인가를 스스로 묻고 있소.
내 생각으론 그렇지 않소.
그것은 아마 약함이었던 것 같소."

_본문 32쪽 중에서

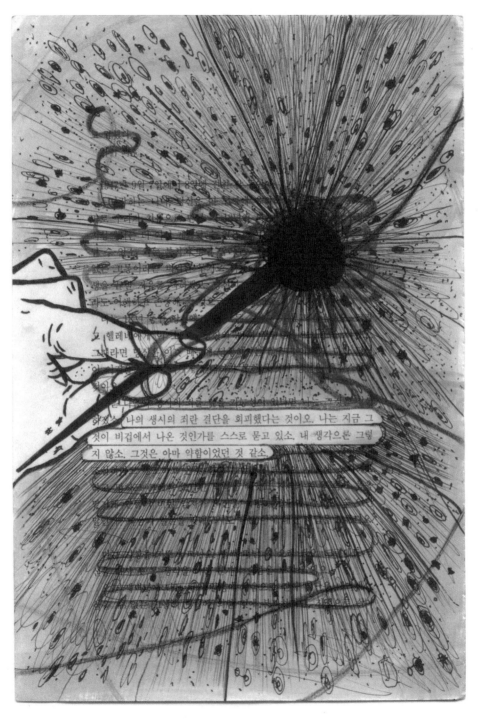

나의 생시의 죄란 결단을 회피했다는 것이오. 나는 지금 그 것이 비겁에서 나온 것인가를 스스로 묻고 있소. 내 생각으론 그렇 지 않소. 그것은 아마 약함이었던 것 같소.

pp.30

# 그리고 아무 말도 하지 않았다

어떤 문장이 내 심장을 찌른다면
잠시 내 그림자를 바라볼 필요가 있다.

뮌헨의 작은 동네 슈바빙에 둥지를 튼 그녀는 절실한 이방인이었다.
어떤 이방인은 의식적으로 자신과 거리를 두기 위해 고독을 두 어깨에 얹고
타국으로 떠난다. 그 이방인은 주변을 낯설게 만들어 사물을 달리 봄으로써
한껏 깨어 있고자 했다. 완벽하게 떠나기란 완벽하게 머물기만큼
지독히 힘들다. 이방인의 발걸음에 드리워진 그림자가 미련이라는
작은 돌들을 붙잡기 마련이다. 그래서 그녀는 죽음을 택해서라도 영원한
이방인이 되고 싶었던 걸까? 1965년 1월 10일, 전혜린은 사라졌다.

죽기 전까지도 그녀는 자신을 둘러싼 모든 것들에 관해 생각하기를
멈추지 않았다. 한국, 독일, 도시, 집, 계절, 자연, 음식, 여행, 고향, 음악,
철학, 영화, 소설, 남자, 여자, 부모, 동생, 유년기, 세대, 교육, 사랑, 결혼,

출산, 육아, 그리고 유난히 좋아했던 헤세, 린저, 릴케, 보들레르,
쇼스타코비치에 관하여 혀를 하얗게 태울 정도로 뜨겁게 고민했다.
'생(生)'이란 단어 자체를 능동적으로 체계화시키려고 했던
그 기록들은 날이 팽팽하게 서 있다. 삶과 죽음을 넘나드는 그녀의
상념들은 햇빛을 등지고 물 한 줌 뿌려 만든 옅은 무지개같이 불안하다.
피아노 앞에 앉아 왼쪽 끝부터 오른쪽 끝까지 손가락에 힘주어
건반 하나 하나를 꼭꼭 누르다가 갑자기 한꺼번에 꽝! 하고
내리쳐버릴 때처럼 열렬하다. 동시에 내리꽂는 석양의 붉기로
가득한 숲 속에 은밀하게 내려앉은 검은 밤같이 서늘하다.
경계를 넘어 전혜린은 그 검은 밤과 함께 녹아들었다.


그녀는 서른 살이 무섭고 끔찍한 시간의 축적,
어리석음과 광년의 금자탑이라고 말했다.
나이에 의미를 둔다면 나의 서른 살은 밝지도 어둡지도 않은
미적지근한 빛으로 가득 찬 좁은 길이었다.
이것도 저것도 아닌 애매모호한 시간이 더 무섭다.
아픈 것도 힘든 것도 기쁜 것도 아닌, 그저 한 걸음 내딛는 순간
불안하고 모자람으로 가득 찬 발자국들이 남겨지는 시간들.
시간이 정지되어 있다는 게 무슨 말인지 알게 되었다.
아침에 일어나 밤이 되어 잠드는 물리적인 시간, 그 사이
사이에 멈춰버린 시간이 공존했다.




그 리 고   아 무   말 도   하 지   않 았 다

그냥 외롭나? 저냥 고독하나? 조금 어리광일까?

고독이 꼬독꼬독해져서 울지도, 웃지도 못했던 모난 서른 살이었다.


어느새 내가 그녀보다 나이를 더 먹었다.

정말이지 모든 게 추상적이다. 무언가를 하며 살았는데

아무도 그것을 몰라준다면 그 생은 정말 죽은 것인가?

표현하지 못한 생은 정말 쓸데없을까?

오늘도 문득 만난 적도, 본 적도 없는 전혜린이 그립고 만다.

타올랐던 기록들에 보채고 만다.

나는, 아마 가지지 못 할, 그 투철하고 단단한 목소리에 한껏 기대고 만다.


오늘도 드러내지만 숨기고도 싶은 마음을 열어보려고 애쓴다.

다짐에 다짐을 거듭하고 뱉은 말을 주워 담을 수 없지만

자꾸만 주워 담으려고 노력한다.

돌이킬 수 없는 강을 건넌 그녀가 남긴 생의 질문덩어리를 따라,

오늘도 그림 그리고 글을 쓰고 노래를 부를 것을 결심한다.

결심으로 인해 주먹을 몇 번이고 쥐었다, 폈다 하니 부

끄러움 뒤에 조그만 문이 열렸다, 닫혔다 한다.

여전히 살아 있다고 내뱉고, 되묻고, 외치고 싶은 걸 보니

아직도 난 살고 싶은 게 틀림없다.

탄생
나는 아직 잠자고 있나? 태어나고 있지 않나?
1964. 5. 11

_본문 323쪽 중에서

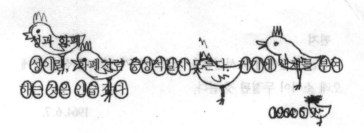

## 탄생

나는 아직 잠자고 있나? 태어나고 있지 않나?

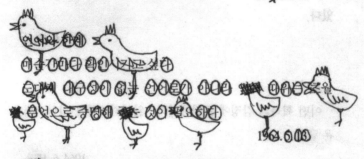

. . .

인간과 인간 사이의 진공관 속을 꿰뚫
는 것은 현대에서는 거의 불가능한 일이 되어 버렸다. 기적
같은 희귀한 몇 개의 순간에서만 우리는 변신을 한다. 헌신과
희생이 가능해진다. 그 순간이 지나면 생은 다시금 어두운
것, 무표정한 것으로 된다.

그리고 아무 말도 하지 않았다

즉 내가 미치도록 그것이 될 것을 원했던 것으로 되는 대신에 자기가 미처 생각지도 못했던 가장 의외의 방향으로 어느새 자기가 형성되어 버린 것을 발견한다.

~~결당함이 없이 내 몸과 내 정신을 예전과 마찬가지로 무한 속에 내던지고 싶다. 그리고 나에게 여태까지 그냥 주어지기만 했었던 생을 앞으로는 내가 의식적으로 형성하고 싶다. 내 운명에 능동적으로 작용을 가하고 보다 체계화에 힘쓰고 싶다.

서른이라는 어떤 한계선을 경계로 해서 무의식에서 의식으로 피동에서 능동의 세계로 들어가서 보다 열렬하게 일과 사람과 세계를 사랑하고 싶다.

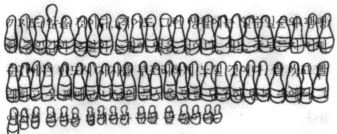

이것이 나의 생활인가 하고 느낄 때 우리는 그 의식의 각성을 소중히 포착해야 한다. 그리고 파고 들어가야 한다. 분명 그것은 나의 생활은 아닌 것이다. 누구나의 생활에 불과한 것이지 자기를 사물이나 타자의 속에 소외해 버린 일반적인 아무나의 삶이지 그것은 일회적인 나만이 가질 수 있는 삶은 아닌 것이 분명하다.

그것을 의식할 때 우리는 생이 진정한 것이 아니었고 불성실한 것이었음을 알게 된다.

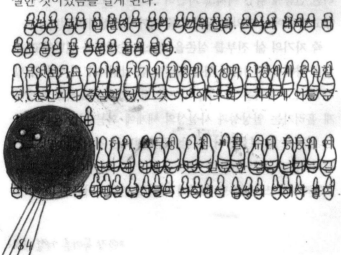

"생명에의 애착을 만들어 줄 사람은 너야.
오늘 밤 이런 것을 읽었다. '사랑? 사랑이란 무엇일까?
한 개의 육체와 영혼이 분열하여 탄소, 수소, 질소, 산소,
염, 기타의 각 원소로 환원하려고 할 때 그것을 막는 것이
사랑이다.' 어느 자살자의 수기 중의 일부야."
"내가 원소로 환원하지 않도록 도와줘!
정말 너의 도움이 필요해."

_본문 43쪽 중에서

역 호기심 사랑스러운 얼굴······ 나는 너의 모든 것을 사랑한다(Ich liebe alles an dir).

네가 이런 질투의 편지를 쓰고 있는 듯이 좀 수스럽고 우스웠을지도 같다.

그렇지만 조르주 상드(G. Sand)가 뮈세(Musset)의 병상 곁에 건너앉았을 것을 생각하면 아직도 나는 좀더 좀더 불매욕아 한다고 분발(奮)도 해본다.

나의 지병인 페시미즘(Pessimismus)을 고쳐 줄 사람은 너밖에 없다.

생명에의 애착을 만들어 줄 사람은 너야. 오늘 밤 이런 것을 읽었다. '사랑? 사랑이란 무엇일까? 한 개의 육체와 영혼이 분열하여 탄소, 수소, 질소, 산소, 염, 기타의 각 원소로 환원하려고 할 때 그것을 막는 것이 사랑이다.' 어느 소설가의 수기 중의 일구야.

정어제배도.

내가 원소로 환원하지 않도록 도와 줘! 정말 너의 도움이 필요해.

그러므로 생명 있는 따뜻한 몸이고 싶어. 가능하면 생명을 지속하고 싶어.

고롭데 기욤거품 그 줄이 끓여지려고 하는 때가 있어. 그럴 때면 비슷 떼치고 말아. 내 속에 있는 악마(Totessehnsucht).

제십장 선장의 창가 四二

빠하고 있던 어떤 삶 상을 진술에 괴고들었다.

*

내게 본 피 꾸었의 그리고 그 누구의 시선 아에에도 있지 않았다. 내
미론 말이 없었고 엄격했으나, 육감적이기보다는 모를꺼어었다. 그녀는
취하면 있음 다물고, 반기 동작만이 대담해지곤 하였다. 서녕이 마치 열
쇠처럼 갑자기 소통 불가능한 것을 열어젖히곤 했다. 마찬가지로 책들
은, 그것이 아름다운 것들일 경우 영혼의 방어물은 물론 갑자기 허물 찔
린 생각의 성벽들을 모두 허물어뜨린다.

마찬가지로 벽에 고정될 유명한 그림들도, 그것이 찬탄할 만한 것
들일 경우 문이다. 창문, 유리 창구, 성벽의 총안 동둥보다 더 벽을 열리
게 한다.

영악이 자신을 넘어서 심장을, 호흡을, 최초의 생래를, 그에 수반된
근본적인 파로음을, 그리고 일생 동안 그 분리해서 왔던 키다림을 위한
들어 스스로와 리듬으로 끌어들이는 것처럼.

*

내가 보기에 네미와의 성환계는 반기 얀간적인 관계 이것의 것으로
변했다. 다시 말해서 바쓰간 익명성을 띠었다.
파재가 매매로 보능의 변두리에서 휘휘 일곤 하니, 긴밀적이고 해
매는 상태이기를 민주였다. 바지나 윗께 쓰믹으로 이슬아슬하게 모습을
드리내기, 눈에 딱쳐마자 곧 명각 측으로 깊어진 기원, 나치는 돌자적인
것이 있었다. 그리고 단순적인 것이 있었다. 마충에는 답수가 되었다.

180  49

05.

# 책은 무너뜨린다

책은 견고하게 만들어진 줄 알았던
내 인생관을 여지없이 무너뜨리며
더욱 새롭고 낯선 세계로 인도한다.

pp.31
# 동물원 킨트

책을 읽고 있는 이불 속은
또 다른 차원의 세계임에 틀림없다.

도망쳤다면
그곳에 자리를 펴고 앉아
그림을 그려야지.
원래 내 고향인 것처럼

실명 위기에 처한 여자가 있다. 고향을 떠나 동유럽의 한 구 시가지에서
글을 쓰며 살고 있는 그녀는 사람들이 좀처럼 동물원에 가지 않을
날씨나 계절에 홀로 동물원을 방문한다. 그녀는 동네에서 작은 카페를
운영하는 보도와 친하고, 동물원에서 우연히 유모 하마를 만났으며,
벙커를 구경시켜주는 괴짜 투어 가이드 두스만을 알고 있다.
보도가 하는 작은 카페에서 식은 소시지나 브로콜리 국수를 즐겨먹는
그녀는 특별하게도 동물원을 갖고 싶어 한다.

혼자서 하루 종일 어슬렁거려도 이상하지 않고 풍선이나
아이스크림 따윈 팔지 않는 동물원. 눈은 점점 보이지 않아
점점이 소멸되어가는 세상을 바라볼 뿐, 그게 전부다.

그녀는 동물원 킨트이자, 이방인으로 살고 있다.

눈이 멀어간다면 고향으로 되돌아가야 편하지 않을까?

잠깐 눈을 감아도 아무것도 할 수 없는 무기력함에 빠지는데,

어떻게 낯선 땅에서 지낼 수 있을까? 그녀는 나중에 유모 하마에게

자신이 동물원이 되었다고 말하는데, 그게 무슨 말인지 곰곰이 생각해봤다.

일단 그녀는 원하는 장소를 스스로 찾아냈다.

눈이 완전히 멀면 고향이라도 이질감이 느껴질 테고,

오히려 나를 아는 사람의 시선들이 불편하지 않겠는가?

언제부터, 왜, 어쩌다가 눈이 멀었냐며 어떤 이는 날 붙잡고 눈물을 좀

흘릴지도 모른다. 눈이 멀게 되면 흐릿한 사물들로 가득한

세상의 이면을 매일 봐야 할 텐데, 차라리 나를 잘 모르는 곳에서

익숙함을 찾아 자유롭게 활보하는 게 나을지도 모른다.

이미 그.녀.자.신.이.동.물.원.이.되.었.으.니.까.


나도 아침에 눈 뜨면 방이 희뿌연 안개에 젖어 있는 것 같다.

그렇게 보인 지 벌써 26년째. 꾸준히 나빠져 지금은 30센티미터 앞도

잘 보이지 않고, 안경 없이 보는 사람들의 얼굴은 모두 뭉그러진 유령들이다.

이대로 눈이 멀면 어쩌나, 하는 걱정도 가끔 한다.


ㄴ눈을 감고 키보드 ㅓ자판을 두드려봐. 다행히 익숙해서 눈 감고도

ㅑf곧잘 쓰고 있는 것 같네. 맞게 쓰고 있나? 창 밖에서 누군가 종버이

봉투를 버리고 있나봐. 부시럭, 부시럭, en 두다다, 오토바이가 왔나봐.
두다다, 다시 갔어. 바람이 베란다 문을 가볍게 건드리고 있어.
덜컹, 덜컹, 변덕스런 햇빛으로 인해 검은 어둠이 보ㅂ밝아졌다
어두워졌다를 반복해. 번쩍, 번쩍, 모든 소리가 아주 가깝게 들려.
할아버지가 문을 끼이이이 열고 나왔어. 쿨룩, 쿨룩 나이든 기침 소리라
할아버지인 걸 알아. 별 ₩로 귀 기울이지 않았떤던 소리들이 나를 감싸.
마치 다른 세상에 온 것 카테 같아. 구름이 흘러가는 소리도 들리려나.
봄이 오는 소리도 들리려나.


언젠가 동물원이 된 그녀를 만나, 완전히 눈이 먼 그녀 옆에 조용히 앉아
내가 되고 싶은, 찾고 싶은, 갖고 싶은 동물원에 대해 이야기해주고 싶다.
난 야생동물원이 되고 싶다. 멸종 위기에 처한 동물만 살 수 있고,
까다로운 온도 조절과 환경 조성이 필요해서 조건에 맞지 않다면
다른 동물은 살 수 없는 곳이다. 나무마다 나무늘보가 주렁주렁 매달려 있고,
파랑새가 지저귀며, 블랙 스완이 우아하게 호수를 가르고,
밤마다 늑대가 울부짖는 그런 곳. 울타리는 필요 없다.
그리고 그녀의 팔짱을 낀 채 천천히 걸어 보도네 가게로 가서
함께 브로콜리 국수를 먹으련다.

"장소를 찾아낸다는 것은,
사람을 찾아낸다는 것보다 더 어려운 일이라고 생각해.
태어난 병원이나 시골의 고향처럼
주어지는 것이 아니기 때문이지.
스스로 찾아야 하는 거야."

_본문 17쪽 중에서

동 물 원 킨 트

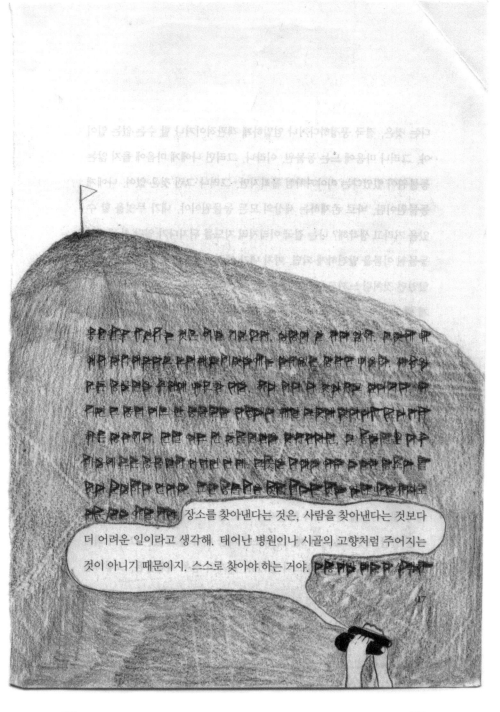

장소를 찾아낸다는 것은, 사람을 찾아낸다는 것보다 더 어려운 일이라고 생각해. 태어난 병원이나 시골의 고향처럼 주어지는 것이 아니기 때문이지. 스스로 찾아야 하는 거야.

~~눈 속에. 뭔가 다른 방법들이 있을 수 있겠지. 동역사를 찾는다든지, 조~~
~~르고 은행이서 돈을 융자받아 직접 동물을 구매해줄 사람을 모으고~~
~~하는 과정. 그런 것을 생각하고 있으면 좀 미련가 아야. 기존의 동물원 중~~
~~에서 띄고 가적한 조에 있어서~~ 연착되는 기차를 기다리는 사람들이나

가끔 들어올 뿐인 그런 동물원을 나는 찾고 싶어. 혼자서 하루종일 어슬렁

거리거나 하마 수족관 앞 벤치에 하염없이 앉아 있어도 시선이 신경 쓰이

지 않는 그런 동물원 말이야. 풍선이나 아이스크림 따위를 팔지 않는 동물

원. 지도를 펼쳐 놓으면, 세상의 그 많은 도시에 존재하는 모든 동물원. 떠

들썩하지 않은 개인 동물원. 내가 아직 만나지 못했고 생각할 수 없는 종류

의 동물원. 그런 동물원을 만나게 되거나, 갖고 싶어.

26

동 물 원   킨 트

"연착되는 기차를 기다리는 사람들이나 가끔 들어올 뿐인
그런 동물원을 나는 찾고 싶어. 혼자서 하루 종일
어슬렁거리거나 하마 수족관 앞 벤치에 하염없이 앉아 있어도
시선이 신경 쓰이지 않는 그런 동물원 말이야.
풍선이나 아이스크림 따위를 팔지 않는 동물원.
지도를 펼쳐 놓으면, 세상의 그 많은 도시에 존재하는
모든 동물원. 떠들썩하지 않는 개인 동물원.
내가 아직 만나지 못했고 생각할 수 없는 종류의 동물원.
그런 동물원을 만나게 되거나, 갖고 싶어."

_본문 26쪽 중에서

"금방이라도 비가 쏟아질 것만 같고 추위 때문에
야외에서 동물을 구경하는 일이란 엄두도 나지 않는
그런 날씨에 그들은 동물원으로 오는 거야.
그런 날에는 정말로 동물원 킨트들만이, 동물원을 산책하지.
그들은 대게 동반자를 데리고 오지 않아.
그들은 머플러를 동여매고 모자를 눌러쓰고
그리고 말이 없어. 날씨 나쁜 겨울 오후,
동물원은 거의 비어 있어. 돼지우리의 먹이를 노리고
까마귀 떼가 흐린 하늘을 송두리째 뒤덮을 정도로 몰려들지.
그런 곳을 어슬렁거리다 보면 비슷한 사람을
반드시 만나게 되는 거야."

_본문 21쪽 중에서

동 물 원 킨 트

서 산책할 수 있는 시간을 많이 갖게 될 것이 분명해. 그러니까 네가 동물원을 가지게 되든 그렇지 않든 그 안에서 내가 할 수 있는 일은 크게 다르지 않아. 그러나 언제나 동물원 안으로 들어오면, 나는 동물을 구경하면서 산책하는 따위의 일말고 뭔가 더로 결정적인 것을 잊고 있다는 기분이 강하게 들어. 즉, 완전하게 행복해지지 못하는 거야. 그것이 내가 동물원을 갖지 못해서가 아닐까 생각되는 중이야.

에서 동물을 구경하는 일이란 엄두도 나지 않는 그런 날씨에 그들은 동물원으로 오는 거야. 그런 날에는 정말로 동물원 킨트들만이, 동물원을 산책하지. 그들은 대개 동반자를 데리고 오지 않아. 그들은 머플러를 동여매고 모자를 눌러쓰고 그리고 말이 없어. 날씨 나쁜 겨울 오후, 동물원은 거의 비어 있어. 돼지우리의 먹이를 노리고 까마귀 떼가 흐린 하늘을 송두리째 뒤덮을 정도로 몰려들지. 그런 곳을 어슬렁거리다보면 비슷한 사람을 반드시 만나게 되는 거야. 그들은 잡아둔 시간을 주체할 수 없는 실업자이거나 달리 다른 오락을 가질 여유가 없거나 친구를 구하는 데 실패한 연금

"양들과 모든 풍경은 소용돌이치는 바람을 따라
보이지 않는 허공의 한 지점으로 소멸되어가고 있는 듯했어.
태양 때문에 간혹 찾아오는 안구의 통증은 눈앞을
잉크빛으로 흐리게 만들었다가 이윽고 잠시 동안의 암흑으로,
그리고 다시 시야의 모든 것을 규칙적인 흑백의 모자이크
타일로 분해했어. 양들이 바다를 향해서 허공을 날아가고 있
어. 눈을 감았다가 다시 뜨면 모든 것은 다시 제자리야.
그래서 나는 풀밭에 얼굴을 묻고 울었어."

_본문 157쪽 중에서

████ 물 은 의 이 양 져 로 없 양들과 모든 풍경은 소
용돌이치는 바람을 따라 보이지 않는 허공의 한 지점으로 소멸되어 가고
있는 듯했어. 태양 때문에 간혹 찾아오는 안구의 통증은 눈앞을 잉크빛으
로 흐리게 만들었다가 이윽고 잠시 동안의 암흑으로, 그리고 다시 시야의
모든 것을 규칙적인 흑백의 모자이크 타일로 분해했어. 양들이 바다를 향
해서 허공을 날아가고 있어. 눈을 감았다가 다시 뜨면 모든 것은 다시 제자
리야. ███████████████████████████ 나는 풀밭에 얼굴을 묻고 울었어.

빽가죽 씨어른 본능적으로 관...는 작은 눈물이 허공을 노려보고 있

...이곳의 동물원이 아니고 무...거리의 모퉁이나 ...으로 보인

...정외광... 나이든문 가려라지... 전차 정류장 ...

...운명이라 생각... ...아... 운명이... ...동안에 시

...들...아 물어왔어. 처음에 그것은 찰랑하듯... ...었어. 나는

...분자되지...는 저물... ...한...리 눈이 피곤해져서 그렇나고 생각했

...눈물을 감았다가 떴어. 그러나 사... 늑대들은 사...일제히부터

...는 묵직한 눈더미만이 보일 뿐이었어. 그러다가

...비명을 질렀... 눈이 축축이 젖어왔어. 나는 눈에서 피가

난다고 느꼈어. 그렇게 밖에 생각할 수 없는 그런 느낌이었어. 폭설 바로

다음날이었으므로 동물원에는 아무도 없었어. 엄청나게 내린 눈을 위험...

...기가 깊이어서 나는 넘어지지 않도록 조심조심 걸어야 했어. 갑자기

사물을 분간한다는 것이 불가능해졌어. 순간적인 일이었지만 그때의 감동

은 특별했어. 눈이 완전히 보이지 않는 것은 아니지만, 망막에 맺힌 영상

...이나...다 분석할 수 없어진 거야. 그것은 보이지 않는다는 것과 그대

로 같은 것은 아니었어. 눈동자와 사물은 제각각의 의지를 가지고 있어서

그들 스스로가 원할 경우에만 모습을 나타내 보이기로 작정한 것 같았어.

동물원 킨트

"갑자기 사물을 분간한다는 것이 불가능해졌어.
순간적인 일이었지만 그때의 감동은 특별했어.
눈이 완전히 보이지 않는 것은 아니지만, 망막에 맺힌 영상을
판단하거나 분석할 수 없어진 거야. 그것은 보이지 않는다는
것과 그대로 같은 것은 아니었어. 눈동자와 사물은
제각각의 의지를 가지고 있어서 그들 스스로가
원할 경우에만 모습을 나타내 보이기로 작정한 것 같았어."

_본문 98쪽 중에서

"어때, 동물원 킨트? 네가 원하는 동물원을 찾아냈어?
아니면 그것을 마침내 가지게 되었어?"
"아니, 이제는 그럴 필요가 없어."
"그건 무슨 뜻이야?"
"내가 동물원의 일부가 되었어.
그래서 굳이 그럴 필요가 없어졌다는 뜻이야."

_본문 201쪽 중에서

동 물 원   킨 트

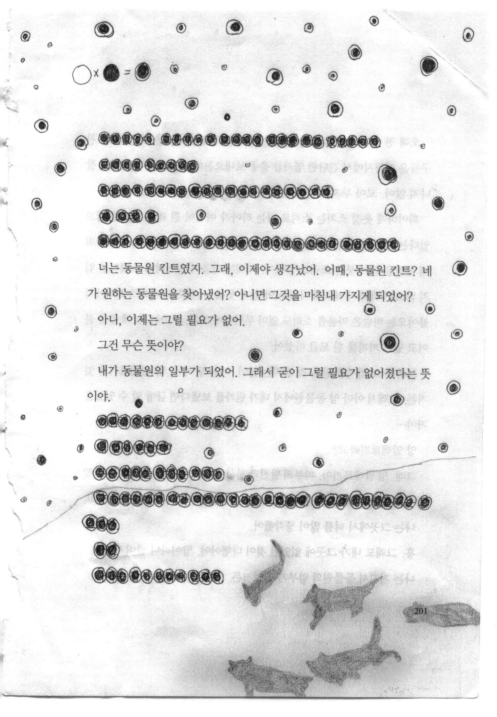

너는 동물원 킨트였지. 그래, 이제야 생각났어. 어때, 동물원 킨트? 네가 원하는 동물원을 찾아냈어? 아니면 그것을 마침내 가지게 되었어?

아니, 이제는 그럴 필요가 없어.

그건 무슨 뜻이야?

내가 동물원의 일부가 되었어. 그래서 굳이 그럴 필요가 없어졌다는 뜻이야.

pp.32
# 암리타

물과 책은 무겁다.

물을 좋아한다. 바다, 호수, 연못, 시냇물, 폭포를 좋아한다.

물 위, 물 아래에 놓인 모든 것들도 좋아한다.

배, 튜브, 연꽃, 물고기, 해초, 돌, 빙산, 물에 반사돼

반짝이는 빛, 무지개를 좋아한다.

그런데 이것들은 어김없이 죽은 물과 맞닿아 있다.

죽은 물이란 바닥이 보이지 않는 척척한 늪,

곰팡이 핀 상한 우유, 물때가 잔뜩 낀 부엌이다.

조금만 방치해도 물은 썩는다.

부지런히 죽은 물을 걸러내야 한다.


암리타. 신이 내린 생명의 물, 감로수.

소설 속 등장인물들은 내 가슴속에 고인 죽은
물을 버려낼 수 있는 있는 고마운 선물이다.
이들은 참 많이도 운다.
머리를 다쳐 어딘가 불안하고 혼란스러운 사쿠,
죽은 여동생 마유, 예지력을 지닌 남동생 요시오,
재혼과 이혼을 거듭한 엄마, 살면서 상처투성이였던 준코 아줌마,
영적 기운을 타고나 죽은 영혼을 위로하며 살아야 하는 사세코,
무겁고 섬세한 소설가 류이치로가 생생하게 빚어내는
서글프고 눈물 어린 일상들에 고요히 귀 기울이다보면
어느새 두 뺨을 타고 눈물이 흘러내린다.

적당한 온도와 바람을 가진 촉촉한 일상의 찰나들.
과거의 어떤 기억을 따뜻하게 불러일으키는 기묘한 날씨,
어떤 장소에 갔을 때 쭈뼛 하고 돋는 기분 나쁘지 않은 소름,
처음 당신을 만났을 때 왠지 나와 잘 맞을 것 같은 기시감,
당신을 생각하고 있는데 마침 당신으로부터 전화가 올 때의 찌릿함,
당신의 눈을 바라보는데 다른 세상에 와 있는 것 같은 신비로움,
내가 우는 걸 보고 당신도 따라 울 때 생기는 입가의 울먹임,
어제도, 오늘도, 내일도 당신도 분명 알고 있을.

무방비 상태에서 흘러내리는 눈물은

암 리 타

건조한 일상 속에 영적 우물을 짓는다.

이 눈물들은 진심 어린 감정의 물결에서 비롯된다.

'진심'이란 나와 당신,

그리고 우리를 둘러싼 이 세계 사이에서

발생하는 오롯한 기운이다.

그래서 눈물을 좋아한다.

진심 어린 눈물,

곪은 상처들과 함께 흘러내리는 눈물,

계속, 계속 흘려 살아 있는 눈물을 좋아한다.


입 밖으로 새어나오는 눈물 젖은 목소리,

울부짖는 울음소리, 소리 없는 흐느낌,

방울방울 맺히는 동그란 상,

눈썹 끝에 매달린 눈물,

손으로 닦아낸 뒤 분홍빛으로 부은 눈

그 모든 걸 사랑한다.


암리타는 아주 가까이 있다.

도 부담 없어함에 오히려 현실감을 느꼈다. 그래서 나도 진짜 〈그래야 할지도 모르겠다〉고 생각했지만, 검사를 하여 혹 이 이상한 상태에 무슨 병명이라도 붙여지면 어쩌나 싶어서 그만두었다.

머리를 다치기 이전으로 돌아가려가 슬픈 것이다. 허전한 것이다.

지금의 나 자신을 좋아한다, 언제고.

애당초 백 퍼센트 건강한 사람 따위 있을 리 없다. 나의 고독은 나의 우주의 일부이며, 제거해야 마땅한 병이 어딘 듯한 기분이 든다.

학교에서 와보라고 하는 모양안자 어머니는 시간을 확인하고 있었다. 통화가 끝나면 의논할 게 있다며 붙들 일이 귀찮아, 나는 어머니가 수화기를 내려놓기 전에 살짝 집에서 나왔다.

그리 넓지도 않은 동네라, 동생이 있을 만한 곳은 쉬 짐작할 수 있었다.

그리고 아니나다를까, 요시오는 역 앞 상점가에 있는 게임 센터에 있었다. 어둠침침한 실내에서, 요시오는 장식등의 빛을 받으며 어른 깊은 얼굴로 〈코리무스〉를 하고 있었다.

「건전하지 못하고 어렸을 때부터 번식에 관심이 많으면 안 된다고」

라고 나는 말을 걸었다.

동생은 깜짝 놀라 눈을 멈췄다. 그러고는 얼굴을 들고,

90

암 리 타

지금의 나 자신을 좋아한다,
언제고. 애당초 백 퍼센트 건강한 사람 따위 있을 리 없다.
나의 고독은 나의 우주의 일부이며,
제거해야 마땅한 병이 아닌 듯한 기분이 든다.

_본문 90쪽 중에서

...말으는 ...으라고 ...말 ...
그런 ...으 ...고 ...지 ...는 말했다.

밭으지, 요시오냐 너처럼 별나게 머리를 작동시켜서 도 ...운이 지나치게 발달한 사람은 운하의 언어를 들어주지 ... 골치 아프게 된다고, 알아? ...

...개를 끄덕였다.

...람은, 작업이 직업이다 ...쯤 미화해 죠지 않을 ...
...그 조절을 하느라 꼬생어 말에 애내하고, 하 재만 생각하면 안 돼. 공간적인 얘기지만, 조깅이든 수영이 ... 정표라도 좋아. 지금 하고 싶은 일에 주저하지 않고 뛰어들 ...있으름 조절해 두지 않으면, 머리 근육이 열로 붐 아 과열되고 만다고. 할 수가 없어져서. 아마 앞으로는 가혹 한 운명이 너를 저타피고 있을 것 같은데, 크럭저럭 억져벌 수는 있어. 요령만 터득하면 재타가 때에 따라서는 어런저런 사람들이 이런저런 얘기를 하게 될치도 모르겠는데. 자기 몸 으로 얘기하는 놈 말고는, 제아무리 그럴싸한 얘기를 지껄여 도, 이해해 준다 해도 믿어서는 안 돼. 그런 자식들은 가혹한 운명이란 걸 모르니까, 입으로야 무슨 거짓말이든 떠벌릴 수 가 있어. 누가 진짜 목소리로 얘기하고 있는지, 누가 자신이 체험한 양만큼 얘기하고 있는지, 직관이야말로 그런 데 사용 하지 않으면 안 돼, 사활이 걸린 문제니까. 너는 다른 사람들 처럼 놀고 있을 수만은 없도록 뇌가 생겨먹었으니까」

암 리 타

"자기 몸으로 얘기하는 놈 말고는,
제아무리 그럴싸한 얘기를 지껄여도, 이해해준다 해도
믿어서는 안 돼. 그런 자식들은 가혹한 운명이란 걸 모르니까,
입으로야 무슨 거짓말이든 떠벌릴 수가 있어.
누가 진짜 목소리로 얘기하고 있는지,
누가 자신이 체험한 양만큼 얘기하고 있는지,
직관이야말로 그런 데 사용하지 않으면 안 돼,
사활이 걸린 문제니까. 너는 다른 사람들처럼
놀고 있을 수만은 없도록 뇌가 생겨먹었으니까."

_본문 94쪽 중에서

"인간이 자기 자신이나 타인에게 해줄 수 있는 것이 무엇인지,
그걸 말하고 있는 거야. 그게 바로 사랑 아니겠니?
얼마만큼 믿을 수 있는지, 그거 아니겠어? 하지만 그러고자
하는 쪽이, 서로를 생각하거나 얘기를 나누는 쪽보다
얼마나 힘이 들고, 얼마나 에너지가 많이 소모되고, 불안한지."
"그러니까 사랑이란, 어떤 상태를 나타내는 기호라는 말인가요?"

_본문 201쪽 중에서

암 리 타

「인간이 자기 자신이나 타인에게 해줄 수 있는 것이 무엇인지, 그걸 말하고 있는 거야. 그게 바로 사랑 아니겠니? 얼마만큼 믿을 수 있는지, 그거 아니겠어? 하지만 그러고자 하는 쪽이, 서로를 생각하거나 얘기를 나누는 쪽보다 얼마나 힘이 들고, 얼마나 에너지가 많이 소모되고, 불안한지」

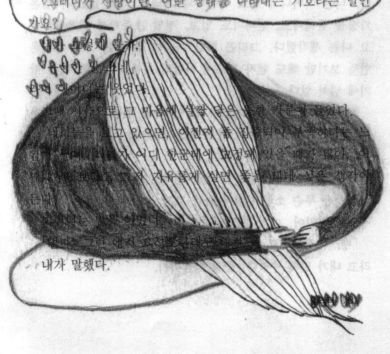

내가 말했다.

다른 사람에게는 이렇게 느껴지지 않을
하나하나의 감각이 활성화된다.
그 진폭이 고스란히 그 사람을 생각하는 마음의 크기다.
인간은 괴롭다. 불완전한 한 사람이 불완전한 한 사람을
생각하며 전인격적으로 받아들이려 괴로워하는 모양은,
어째서인가 각각의 가슴속에 담긴 태풍과는 다른 곳에서,
때로 유난히도 생생한 어떤 상을 맺는다.

_본문 149쪽 중에서

암 리 타

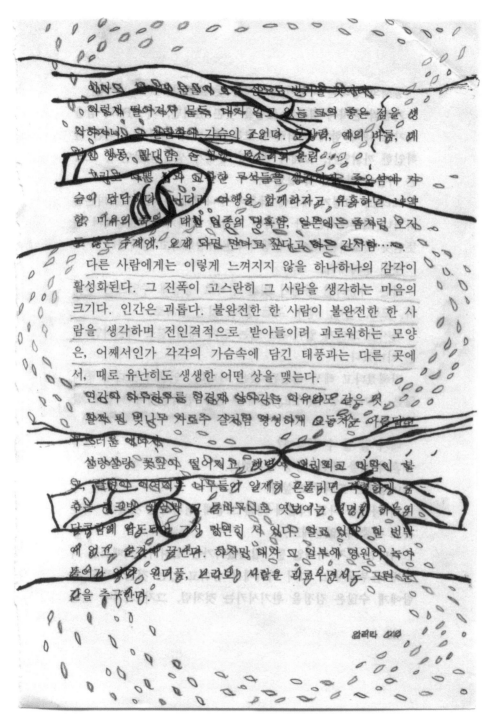

다른 사람에게는 이렇게 느껴지지 않을 하나하나의 감각이 활성화된다. 그 진폭이 고스란히 그 사람을 생각하는 마음의 크기다. 인간은 괴롭다. 불완전한 한 사람이 불완전한 한 사람을 생각하며 전인격적으로 받아들이려 괴로워하는 모양은, 어째서인가 각각의 가슴속에 담긴 태풍과는 다른 곳에서, 때로 유난히도 생생한 어떤 상을 맺는다.

없다. 혹은 옛날부터 먼간 색으로 생각하고 있었는지도 모른다. 어느쪽이었을까.

소리 없이 과락고 쌓이는 눈의밤, 무낭 지내온 세월의었을까?

> 나는 나 자신과의 타협점을 어디에서 찾았을까?
> 머리를 싹둑 자르면, 타인의 대응 방식도 조금 변하니까, 자기 성격도 미묘하게 변화한다. ……는 얘기도 곧잘 듣는데, 수

술을 할 때 밑단까까머리개 되었던 나는, 겨울을 탓의한 지금 자신해 봐줄 만한 쇼트커트 스타일이 되었다.

가족과 친구들은 입을 모아 말한다.

「샤쿠미의 그런 헤어 쓰타일을 본 적이 없어서 그런지 아주 신선해, 전혀 딴사람 같애!」

그래? 하고 머쓰로 대답하는 나는, 그들이 몰래 앨범을 펼친다. 틀림없는 내게 있어 있는, 모르는 여행지, 어떤 장면, 왼부 기억하 순간도 여겼다는 둥, 설은 아때 생리통이 심해 서 즐거웠다는 둥, 그러 너까 이전 나고, 대론 어느 누구도 애기 하지만, 의 일정한 행는다.

불가해한

이렇게 이상한 정신 상태에서도 《나》를 긍정없이 영원하며, 지칠 줄 모르고 숨쉬고 있는 나 자신에게 박수를 보내고 싶다.

우리, 집에는 지금, 어머님와 나 그리고 촌통학교 4학년짜리 남동생과 신겪인 어머내의 소꿉친구 쥰코 아줌마와 대학생인

암 리 타

나는 나 자신과의 타협점을 어디에서 찾았을까?
머리를 싹둑 자르면, 타인의 대응 방식도 조금 변하니까,
자기 성격도 미묘하게 변화한다.

_본문 48쪽 중에서

"내 시가 형식에 있어서 뿐 아니라 내용에 있어서도 감상적이고 싸구려라면 내 속에도 감상성과 싸구려의 경향이 있다고 틀림없이 볼 수 있는 거야. 우리는 자기가 쓴 글과 똑같은 거야. 그것을 분리시킬 수는 없어.

06.

# 책은 나다

책은 생에 녹아들며
나, 너, 우리가 된다.

# 자기 앞의 생

책 읽기는 더러워진 거울 닦기.

어린 시절 내가 떠올릴 수 있는 날카로운 고통은,

사랑받지 못했던 다른 친구들의 일그러진 얼굴을 바라보았을 때다.


열두 살, 따돌림으로 인해 우유를 잔뜩 뒤집어 쓴 여자애.

열세 살, 연예인이 꿈이라지만 사방이 논밭인 비닐하우스에 살던

가난했던 여자애.

열네 살, 수업 도중 화장실로 뛰어가 토하던 몸이 허약했던 여자애.

열다섯 살, 편부모 손에 자라 아버지를 증오했던 여자애.

열여섯 살, 교회에만 가면 눈물을 하염없이 쏟던 여자애.

스물두 살, 의자를 있는 힘껏 내리쳐 부모님의 싸움을 말려야 했던 여자애.

스물네 살, 고시원으로 도망쳐야 했던 여자애.

스물다섯 살, 내 앞에서 엎드려 한 번 운 후 다신 볼 수 없었던 여자애.

그들은 모두 나를 좋아했었다. 생을 비관하거나 집착하며
바닥에 엎드려 시간을 죽였던 그들 앞에 내가 있었다.
나의 아픔은 그들의 큰 고통 속에 녹아버려 내 것이 아니게 될 수 있었던
반면 그들의 아픔은 내 심장에 비수처럼 꽂혔다가도
작은 흉터만 남긴 채 빠져나갔다. 그들의 고통과 내 고통이 비슷하다고
생각한 게 문제였다. 적어도 나에겐 아픔을 치유해 줄 가족이 있었다.
눈을 떠보면 혼자 행복했던,
혼자 따뜻한 제자리를 찾아가는 여자애가 나였다.

왜 그들과 어울렸을까? 어떻게 그들과 어울릴 수 있었을까?
내 기억에, 우린 함께 책 읽는 걸 좋아했다.

우리들은 '책의 생'으로 도망쳤다. 같은 책을 읽고 또 읽었다.
책 속 주인공들은 한결같았으니까.

"나는 너를 배신하지 않아. 네가 추하게 늙어도 내 마음은 변함없어.
네가 나를 봐주지 않아도 괜찮아. 어쩌다 우리가 다시 만나도
나는 그 자리에서 네가 이야기를 들려줄게.
어때, 좀 위로가 되는 것 같지 않니?"

그들은 우리에게 이상한 위로를 주었다.


우리가 읽은 책들은 축축했다.
눈물 젖은, 수분을 머금은, 따사로운 햇볕을 기다리는
눅눅한 마음이 담긴 책이다. 나는 그들의 손을 더 오래 잡았어야 했다.
눈물이 흐르는 그 책에서 헤엄쳐 나와 햇볕을 신나게 쬐며 웃었어야 했다.


슬픈 감정들에 푹 빠졌다가 스르륵 혼자 빠져나오며
나는 결국 그들을 배신한 셈이 되었다. 타인에 대한 무책임은
서로 다른 슬픔의 크기를 가늠하지 못할 때 더욱 커진다.
행복한 생은 누구에게나 주어지는 게 아닌가보다.
튼튼한 열 개의 발가락으로 땅을 딛고 일어나 온전한 열 개의
손가락으로 이렇게 글을 쓰며 '자기 앞의 생'을 뒤돌아볼 수 있는
기회가 쉽게 오는 게 아님을 이제야 깨달았다.


그저 스쳐지나가는 것들이 있다. 미안해하지 않기로 한다.
그러나 만일 내 의지로 뒤돌아 그것을 다시 본다면 미안해하기로 한다.
그게 내 반성의 기준이자, 태도다.
어제, 미안해서 눈물이 났다.

암만 생각해도 이상한 건, 인간 안에 붙박이장처럼 눈물이 내포되어 있다는 것이다. 그러니까 인간은 원래 울게 돼 있는 것이다. 인간을 만드신 분은 체면 같은 게 없음이 분명하다.

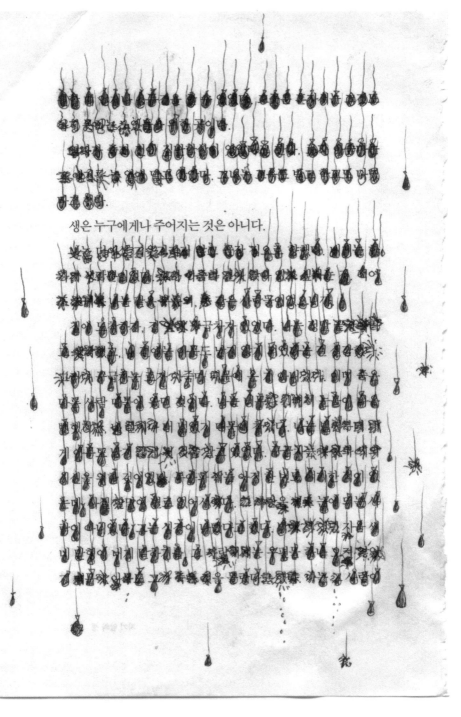

생은 누구에게나 주어지는 것은 아니다.

노래가 잘 맨 뭐라도 된 것 같으면 어딧이어야 하는 법어니

땅바닥에 누워서 눈을 감고 죽는 연습을 해봤으면, 시멘트 바닥

이 너무 차가워 병에 걸릴까봐 겁이 났다. 나는 마약 같은 너절한

것을 즐기는 녀석들을 좀 알고 있었다. 그러나 나는 행복해지기

위해서 생의 엉덩이를 핥아대는 짓을 할 생각은 없다. 생을 미화

할 생각, 생을 상대할 생각도 없다. 생과 나는 피차 상관이 없는 사

이다. 십중팔구로 어른이 되면 나는 아마 테러리스트가 될 것이다.

텔레비전에서 본 것처럼 비행기를 납치하거나 인질극을 벌이고 몸

값거를 요구하겠지. 그게 뭔가 될지는 아직 모르겠지만 엄청 않은

걸 요구해야지. 정작 그럴듯한 것은 당분간은 그 누구도 건 아무

없이 될지 어느 모른다. 왜냐하면 나는 아직 소외업에 대해 아무

교육을 받지 않았기 때문이다.

나는 시멘트 바닥에 엉덩이를 대고 앉아, 비행기를 납치하고

인질극을 벌이는 상상을 했다. 인질들은 무슨을 들고 있었다. 나

는 그 돈으로 뭐얼 할지 생각한다. 세상의 모든 것을 마실 수는 없

을 테니까, 나는 콩자 이즘바가 더 가발을 쓰고 눈에 반음 담 그고

평온하게 죽어갈 수 있도록 집을 하나 선물하고파 창가에 저녁들

을 애들의 엄마와 함께 나스와 호희별장으로 보내서 편히 잘게

해겠다. 그러면 그들도 나중에 날리를 방문하고 복거 원수거 희

든지 다수당아 구하며 원이 되든지 성공한 화시 중력이 될 수 있을

생의 엉덩이를 핥아대는 것을 할 생각은 없다.
생을 미화할 생각, 생을 상대할 생각도 없다.
생과 나는 피차 상관이 없는 사이다.

_본문 116쪽 중에서

나는 아주 먼 곳, 전혀 새롭고 다른 것들로 가득 찬 곳에 가보고 싶
은데, 그런 곳을 상상하지 않으려고 애쓴다. 공연히 그곳을 망칠
것 같아서이다. 그곳에 태양과 광대와 개들은 그대로 있었으면
좋겠다. 그것들은 그대로도 아주 좋으니까. 그러나 나머지는 모
두 우리가 알아볼 수 없도록 그곳에 맞게 다시 만들어졌으면 좋겠

다. 하지만 그래봤자 크게 달라지지는 않을 것 같다. 사물들이 얼마나 자기 모습을 끈덕지게 고집하는지를 생각해보면 참 우습기까지 하다.

슬픈 일이었다. 나는 그 자리를 떠났다. 슬픔을 찾아다닐 필요는
없을 테니까.

슬픈 일이었다. 나는 그 자리를 떠났다.
슬픔을 찾아다닐 필요는 없을 테니까.

_본문 176쪽 중에서

0페이지는 생의 첫 페이지를 시작하는 탄생의 장소다.
동시에 버리고 싶었던 생의 찌꺼기를 태워버리는 죽음의 장소다.
나비가 되기 위해 고치가 된 애벌레의 말처럼 "끝……,
아니 새로운 이야기의 시작(《꽃들에게 희망을》 본문 중에서)"이다.

우린 우리의 생을 조금 더 구체적인 문장으로 표현해볼 필요가 있다.

외로움에 대하여, 친구에 대하여, 배움에 대하여, 죽음에 대하여,
완벽함에 대하여, 순수함에 대하여, 쾌락에 대하여, 보호에 대하여,
섹스에 대하여, 연애에 관하여, 교감에 대하여, 무거움에 대하여,
이별에 대하여, 거리두기에 대하여, 대의에 대하여, 용기에 대하여,
떠남에 대하여, 이방인에 대하여, 분리에 대하여, 장소에 대하여,
눈물에 대하여, 기도에 대하여, 영혼에 대하여, 위로에 대하여,

우린 조금 더 명쾌하게 사라졌다가 다시 나타날 필요가 있다.

사라짐에 대하여, 망각에 대하여, 잃어버림에 대하여,

헤어짐에 대하여, 놓침에 대하여, 빼앗김에 대하여, 실추에 대하여,

흔적에 대하여, 자취에 대하여, 얼룩에 대하여, 틈에 대하여,

흉터에 대하여, 헤아림에 대하여, 탄생에 대하여, 생겨남에 대하여,

발현에 대하여, 점화에 대하여, 찾음에 대하여, 부활에 대하여,

나타남에 대하여,


많이도 아닌

조금만 더.

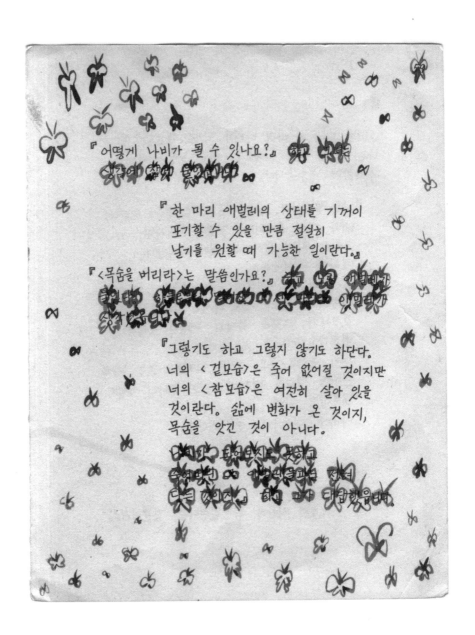

『어떻게 나비가 될 수 있나요?』

『한 마리 애벌레의 상태를 기꺼이
포기할 수 있을 만큼 절실히
날기를 원할 때 가능한 일이란다.』

『<목숨을 버리라>는 말씀인가요?』

『그렇기도 하고 그렇지 않기도 하단다.
너의 <겉모습>은 죽어 없어질 것이지만
너의 <참모습>은 여전히 살아 있을
것이란다. 삶에 변화가 온 것이지,
목숨을 앗긴 것이 아니다.

Epilogue

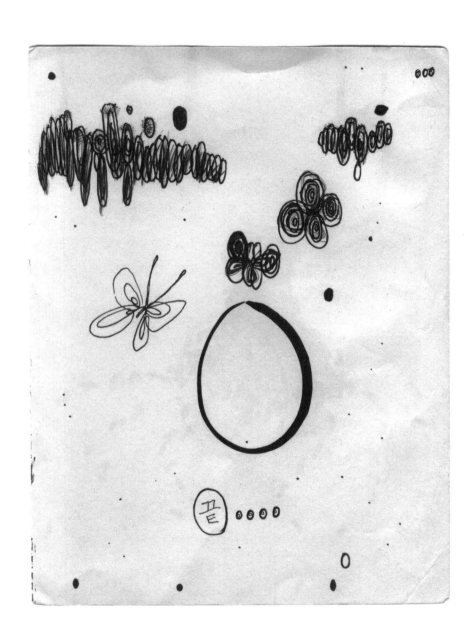

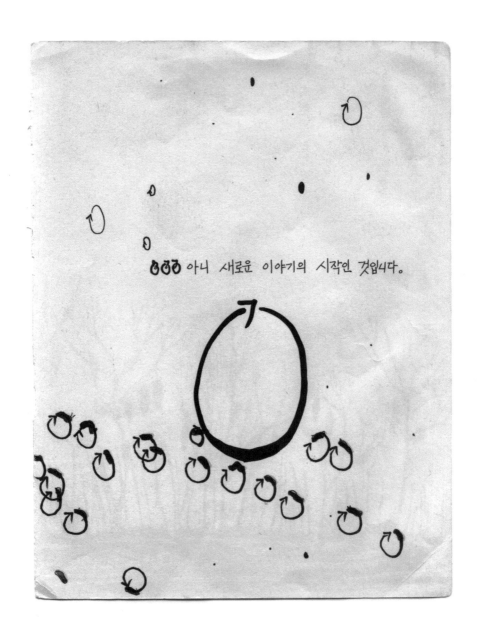

끝. 아니 새로운 이야기의 시작인 것입니다.

Book List_

# 이 책에 실린 책들은

▶파스칼 키냐르 지음 | 송의경 옮김 |《은밀한 생》| 문학과지성사
2001년 7월 12일 초판 1쇄 | 인용 부분 pp. 49,
▶생 텍쥐페리 지음 | 홍성표 옮김 |《어린왕자》| 학일출판사
1984년 3월 20일 초판 1쇄 인용 부분 pp. 19, 61, 69, 72, 74, 81
▶J. M. 바스콘셀로스 | 김선유 옮김 |《나의 라임 오렌지 나무》| 상아
1985년 12월 10일 초판 1쇄 | 인용 부분 pp. 50, 64, 188, 195, 206, 215, 238, 255
▶헤르만 헤세 지음 | 유혜경 옮김 |《수레바퀴 아래서》| 소담
1993년 8월 31일 초판 1쇄 | 인용 부분 45, 81, 111, 139, 162
▶파트리크 쥐스킨트 지음 | 유혜자 옮김 |《좀머 씨 이야기》| 열린책들
1996년 7월 15일 초판 30쇄 | 인용 부분 pp. 36, 37, 98(2012. 2. 20 48쇄
신판으로는 pp. 33~34, 35, 94)
▶제롬 데이비드 샐린 지음 | 김재천 옮김 |《호밀밭의 파수꾼》| 소담
1992년 8월 7일 1쇄 | 인용 부분 pp. 90, 191, 227, 232, 270
▶무라카미 하루키 지음 | 유유정 옮김 |《상실의 시대》| 문학사상사
2000년 10월 2일 3판 1쇄 | 인용 부분 pp. 130, 131, 145, 143, 355, 407, 413
▶알랭 드 보통 지음 | 정영목 옮김 |《왜 나는 너를 사랑하는가》| 도서출판 청미래
2004년 9월 20일 초판 10쇄 | 인용 부분 pp. 9, 24, 101, 117, 119, 133
▶밀란 쿤데라 지음 | 이재룡 옮김 |《참을 수 없는 존재의 가벼움》| 민음사
2000년 12월 15일 초판 5쇄 | 인용 부분 pp. 11, 56, 104, 107, 285, 292
▶루이제 린저 지음 | 김남환 옮김 |《생의 한가운데》| 도서출판 육문사
1996년 5월 5일 초판 2쇄 | 인용 부분 pp. 17, 32, 55, 116, 178, 312

▶전혜린 지음 |《그리고 아무말도 하지 않았다》| (주)민서출판
2002년 1월 10일 3판 1쇄 | 인용 부분 pp. 31, 43, 141, 139, 184, 246, 323
▶배수아 지음 |《동물원 킨트》| 이가서 | 2002년 10월 4일 펴냄
인용 부분 pp. 17, 21, 26, 98, 157, 201
▶요시모토 바나나 지음 | 김난주 옮김 |《암리타》| 민음사
2001년 5월 7일 초판 2쇄 | 인용 부분 pp. 48, 90, 94, 149, 201, 346
▶에밀 아자르 지음 | 용경식 옮김 |《자기 앞의 생》| 문학동네
2004년 6월 23일 초판 5쇄 | 인용 부분 pp. 69, 91, 116, 122, 123, 176, 252
▶트리나 폴러스 지음 | 김영무 · 홍 돌로레스 옮김 |《꽃들에게 희망을》
분도출판사 | 1981년 1월 30일 12판 | 인용 부분 pp. 59, 113, 115

Epilogue